挚爱情愫

青岛市文学艺术界联合会 编
名誉主编 耿林莽 主编 王泽群
副主编 韩嘉川 栾承舟
本册主编 高伟

青岛出版社
QINGDAO PUBLISHING HOUSE

本书编委会

总　序

回望百年　美不胜收

耿林莽

第一位将域外散文诗译介到中国来的作家，是刘半农。早在1915年，他便在《中华小说界》第2卷第7号上发表了以《杜谨纳夫之名著》为题的四篇散文诗，“杜谨纳夫”即屠格涅夫。中国第一位创作散文诗的，也是刘半农。他的第一篇散文诗《晓》，发表在1918年《新青年》杂志第5卷第2期上。当时，他也许不是有意写的，但这个《晓》对于黎明初降时的诗意描绘，却恰恰成为中国散文诗诞生的一个极具蓬勃生命力的美好象征。虽属巧合，但也算是百年散文诗史上的一段佳话。

这篇《晓》仿佛是一声雄鸡的报晓，迅即唤起文学界散文诗创作的热潮。“五四”时期，文学界先锋人物对新生事物是很敏感的，当时几乎所有一流作家都投入到这一新兴文体的创作，鲁迅、郭沫若、茅盾、巴金、冰心、朱自清、沈尹默、郑振铎、周作人、王统照、徐志摩、许地山、焦菊隐、徐玉诺，等等，皆有散文诗佳作，真的是热闹非常。可以说，中国散文诗这一新文体，拥有一个极富尊严、充满朝气的草创期。当然由于作家们初涉这种文体，对其了解难免粗浅，有些作品质量不高，也是正常现象。直到鲁迅的《野草》问世，局面才有所改观。

早在1919年，鲁迅就以神飞为笔名，在《国民公报》副刊《新文艺》上发表了一组散文诗《自言自语》，形式上与流行散文诗相近。由此可见，他也是中国最早投入到散文诗创作的作家之一，对这一新兴文体，早已心怀敬意充满热情。《野草》的问世则是其散文诗形成自身独特风格，和中国散文诗由幼稚走向成熟的一个标志。它不仅是中国散文诗的一座高峰，在世界散文诗史上，也是一座丰碑。说它是高峰，是丰碑，除其展现了作者深厚的文学素养与不同凡响的语言造诣等艺术上的因素外，更重要的是它展示了散文诗这一文体的美学特质，扭转了人们对它的误解。误解包含：认为它不过是一些华丽词语的堆砌，小资情调的抒发，个人心境与身边琐事的笔现。其实并非如此，孙玉石先生在他的《〈野草〉与中国现代散文诗》一文中告诉我们：《野草》启示人们要把人的诗情与时代的斗争紧密联系起来；内心矛盾的严峻解剖和象征方法的完美运用，形成了《野草》这部散文诗集充满诗意而又富于哲理，幽远奇峻而又凝练深警的抒情色彩。譬如，在《过客》这篇寓言式的以戏剧形式展开的诗境中，渗透了生命意识无比辉煌的力量，和一种崇高悲剧美的苍凉与悲壮。无论前面是野地，是坟，是黄昏，是黑夜，“我只得走，我还是走好吧……”他“即刻昂起了头，愤然向死走去”，这便是“过客”的形象，鲁迅为我们塑造了一个不朽的“知其不可为而为之”的战士和诗人的典型形象。

《野草》发表之后的20世纪30年代，有学者认为散文诗创作进入了低谷，我觉得并非如此，相反，与草创期相比，她呈现出渐趋成熟的态势。草创期虽然大家云集，气氛热烈，不少人不过是偶尔为之，浅尝辄止，对散文诗文体的认识也不够深刻，这是很自然的现象。30 年代出现了专业性散文诗作家，如何其芳、丽尼、陆蠡、马国亮等，他们的作品已经相当成熟地显示了散文诗的美学优势，特别是何其芳的《画梦录》。这部作品原本是以散文集名义出版，且获得《大公报》文学奖的殊荣，然而人们因其浓郁的抒情性魅力和突出的诗美意境，普遍地将其视为优秀的散文诗样本，它在当时产生了很大影响。

20 世纪 30 年代末期到 40 年代，抗日战争和解放战争期间，文艺作品服务于斗争需要成为必然。作为散文诗自身的文体发展，基本上稳定地延续了前期风格，没有出现太大变化。郭风和刘北汜编选的一套《曙前散文诗丛书》，收入田一文、莫洛、羊翚、彭燕郊、刘北汜、叶金、陈敬容等人的作品，大体可以呈现这一时期散文诗的面貌。新中国成立以后，形势大变，散文诗以郭风的《叶笛》和柯蓝的《早霞短笛》为代表，吹响了时代的最强音。笛声中洋溢着明朗、欢快和昂扬的朝气，体现了当时人们的喜悦与乐观情绪。不过，1957 年流沙河因《草木篇》，徐成淼因《劝告》而遭受的打击和苦难，却也在散文诗史上留下了一抹记忆的暗影。再以后便是“文革”横扫一切的风暴，散文诗沦入长达十多年的“空白期”。其间，许多人因散文诗而惨遭批判和迫害，即使柯蓝的《早霞短笛》那样洋溢着歌颂与赞美的作品，也未能逃脱姚文元棍棒的打击。

苍天有眼，否极泰来。改革开放以后，散文诗迅即复苏，随后便是空前的繁荣。在 20 世纪 80 年代文学进入复苏的大背景下，柯蓝、郭风等人为散文诗四处奔走游说，推动了散文诗的振兴，这固然是重要的因素，但更关键的是整个文化环境趋向宽松。经过30多年的蓬勃发展，中国散文诗已经进入了成熟和丰收的繁荣期。一大批老中青散文诗作家不断涌现，优秀作品层出不穷，美不胜收，以及发表阵地不断扩大，诗集、选集、年选、丛书大量出版，理论研讨、评奖活动十分活跃，如此等等，真的是史无前例。种种情况，难以赘述，读者从这部《中国散文诗一百年大系》中，自会有直接的感受。

且让我们来一睹这部《中国散文诗一百年大系》的风采。

王泽群是一位散文诗作家，虽然他并非以散文诗为创作主项，但对散文诗事业却十分热心。为了纪念中国散文诗的百年诞辰，他倡议、策划、组织了《中国散文诗一百年大系》这部大型丛书的出版，邀请了韩嘉川、何敬君、栾承舟、栾纪曾、王亚平、雨倾城、高伟和霜扣儿八位诗人参与编选，第一本拟选入百年中有代表性的经典作品，这是一个规模宏大的工程。策划中决定的丛书任务，一是为百年散文诗的经历提供一份可资参考的作品史料；二是为读者推荐百年来的优秀散文诗作品。后者应是主要目标，因为绝大多数读者的兴趣，毕竟是在优秀散文诗的阅读欣赏方面。

悠悠百年，作品浩繁，大海捞针，百里挑一，编选工作的难度可想而知。早期作品的挑选难度在于资料匮乏，即作品少；当代作品的挑选难度在于作品多。面对这一实际情况，在选入作品的分量上，自然是今多昔少，这其实亦属必然。后来者居上，散文诗百年的发展，质量的逐步提升是必然的趋势，选入的当代优秀作品，包括一些年轻作家的作品，其美学高度已远超前人，这一点读者从大系中将会获得印证。

面对百年,尤其是当代散文诗,编选过程中的体验与思考颇多。择其要者,略述一二,向读者做一汇报。

1. 散文诗的文体属性问题,在国外,是很明确的。散文诗的开创者之一波德莱尔在谈及《巴黎的忧郁》时说:“总之,这还是《恶之花》,但更自由、细腻、辛辣。”《恶之花》是诗集,那么《巴黎的忧郁》也是诗,是明确无误的了。国外的许多诗人,都把散文诗与分行诗一齐收入诗集出版,也是一个明证。但是在中国,多年流行的一种观点则是,散文诗是诗与散文的杂交品种,或边缘文体,也就是说,散文诗既可以是诗,也可以是散文,或诗或文,亦诗亦文。这就在很长时期中,对作者和读者造成了属性模糊不清的印象,许多人将短小的抒情散文误认成散文诗,导致一些散文诗严重散文化的倾向,对散文诗的发展十分不利。当代散文诗的后期,散文诗本质是诗的观念才得以确定。散文诗是自由诗的发展,为了强化诗的表现力,引入复杂情节而将散文的因素融入其中;散文是以“移民”的身份被吸入并加以改造而为其服务的。我提出“化散文”而不是“散文化”的观念,得到人们的共识。现在,散文诗已被公认为是归属于大诗歌谱系,与自由诗、古体诗并立的三大诗体之一。中国作协鲁迅文学奖的诗歌项目,也是这样安排的,这说明散文诗的文体归属问题,终于尘埃落定了。这是当代散文诗顺利发展的一个重要因素。大系编选过程中,也是按此认识处理的。

2. 对于散文诗的产生,人们多从其艺术形式上考虑,很少关注到它的时代背景,其实这一点至关重要。《巴黎的忧郁》是在资本主义发达社会,商品化对人性扭曲与异化的背景下产生的,五十篇作品几乎全是“他者”忧郁的陈述，而非作者个人的哀愁或闲愁，更不是供人赏玩的“小摆设”之类。揭示疮疤，治疗疼痛，拯救灵魂，呼唤人性，这才是散文诗这一文体在内容上的本质属性。散文诗传入中国后，却一度出现了大量内容空虚，专门抒发个人情感的小资情调，甚至是无病呻吟的作品。矫揉造作，扭捏作态的不良诗风随之流行，这极大地损害了散文诗的声誉，引起一些人对这一文体的冷漠和非议。鲁迅的《野草》之所以可贵，正在于他以其关注时代、关注现实，以及凝重而深厚的社会内容，还散文诗应有的本质属性。经过多年努力，当代散文诗的主流走向，已逐渐归于正常。对于这一问题，我曾提出过“要沉甸甸，不要轻飘飘”的主张，是有针对性的，现在看来，或亦有其片面性。“沉甸甸”固然需要，“轻飘飘的”，即那些清浅之作，也自有其审美价值。对于这个问题，谢冕的《散文诗说》中有段话说得很好。他说：“这是青春的文体，优美、轻盈、灵动、隽永，还有始终如一的高雅，以及始终拒绝粗鄙化的坚守。从主要的表现形态来说，散文诗似一幅幅水墨山水画，淡淡的、浅浅的，如山间的云霞。”在这个问题上，时刻都不要忘记多样化的要求，大系的编选中，处理是恰当的。

3. 人们为什么爱读散文诗？是为了满足审美的需求。有人说“散文诗是美的尤物”，美文性是它的一大优势。因此，我们将美视为散文诗的依归。选编过程中，以美的追求为首要目标。较难处理的是美与意义的关系问题，在“文以载道”的观念深入人心的中国，人们对文学作品的教育意义，即思想性十分重视，散文诗亦然。在创作过程中，如果从意义出发，即所谓“主题先行”，容易使作品形成说教；如果以形象阐释思想，会削弱诗美吸引力。

要正确解决这个问题，还需从认识上入手。什么是美？美是真善美的统一，意义、思想不应该是对美的强加，而是其内在生命不可分割的组成部分。也就是说，美隐含着意义，严格地讲，没有意义的美是不存在的。我们常讲的“德智体美”，美本身便是一“育”。散文诗正是通过美的形体，给予读者以优美情操、健康思想和精神文化修养上潜移默化的影响而实现其“教育意义”的。理直气壮地将审美作为散文诗价值的核心来处理，是大系编选过程中所遵循的一条原则。

愿《中国散文诗一百年大系》搭起的这座桥梁，能帮助您抵达中国百年散文诗的彼岸，获得一次审美的满足。

序

时光流美，挚爱情愫

高　伟

我是这样理解的：就像是大自然在时间的行进和环境的变迁之中，进化会自然选择新鲜又强悍的物种一样，在一百年前的那个时间节点，散文诗这个“物种”，必然会从“诗歌”和“散文”这两种艺术的“交媾”中神奇地诞生。这同样是自然选择的结果。时间流逝、技术进步对人类欲望指数规模的开掘，由此产生的对人类心灵的影响，使得人们的阅读、写作与生命体验，已经到了非有一种文体呈现不可的地步：我们如何既能叙述日常之事，又保有诗意的生命感和语言的美感、建筑感和音乐感？我们如何实现对现代语言与诗意的自由与超越？这当然就是散文诗！散文诗当然不是散文与诗歌按比例的艺术分配，而是一个簇新而独到的生命体，它具有强烈的唯一性，独特的神性和灵性。

爱情，更是人类生命中属灵的情感，想象不出还有哪一种情感，能比得上爱情通天接地那般直抵人性；也想象不出还有哪一种情感，能像爱情的能量实体般直接进入我们的身体和灵魂。

散文诗是一场艺术的烈火,而不仅仅是词语的修辞。

爱情是一场因灵魂的肇事而导致的身体的烈火,而不仅仅是情色的修辞。

散文诗遇见爱情,就是烈火遇见烈火。

做《挚爱情愫》这样的一本散文诗集的编者是幸运的。我像一个文字的地质工作者,在百年时光的洪荒之域中千里万里地跋涉,找寻那些用文字记录下来的爱情遗址,重返他们的爱情现场。他们经典的爱情琥珀那样美,让我心悸不已。我还可以在时间中游牧,于百年中的各个时间区域去各个文字现场采撷动人的爱情标本。散文诗这样优雅而清寂的文学样式,它空灵,高蹈,有细节,有建筑之错层美,有音乐之色彩美。而爱情天生的诗性和易碎性所造成的忧伤和困顿,构成生命内在的逼视;两者产生极大的张力,足够创造出一种全新的战栗。散文诗内外兼修,足以适应灵魂的抒情性和爱情海妖般的邪气(东邪西毒的邪);而爱情那天生的尖锐与动荡,又足以搭配散文诗那姣好的气质和形态,制造出梦幻的波动和意识的惊跳。

时光的百年,天上的一瞬,人类的一生。神灵的弹指间,世间沧海桑田,人间的挚爱情愫像天上的星星那么多。技术的进步,使得人类百年巨变,大过人类漫长的数万年进化史。人类如今的生活,比百年前人类想象中的另一个星球的生活还要不可思议。人类今天的生活,就是拿到十年前,也比科幻小说还离奇。我们甚至不能预测五年后的生活,天知道这期间会有什么幺蛾子腾空出世!

可是,我在编辑这本书时欣喜地发现,男人和女人的爱情,一百年前和一百年后,其核心的东西根本没有变化。爱情的轴心:

思念，忘我，忧伤，甜蜜，极乐，痛楚，心疼，绝望，身体合一的坠落，灵魂合一的升腾……那些比好还好，那些比死还死，都一样。是的，人类美好的元素，是不变的，变化的是物质的外壳，是欲望的奔突。而人类那些必需而实质的东西，那些决定着我们幸福而喜悦的东西，像是圆周率中的 π，3.1415926……无限不循环，一个宇宙数字。是的，宇宙早就规定了蚊虫一般弱小的人类最重要的基准规则，人类奔突直撞，欲望冲天发达，也是在灵魂的外围转悠。

幸福爱情的情绪有其自身的理性。这是个要命的事情。

一百多年前，狄更斯在《双城记》里说："这是最好的时代，也是最坏的时代。"海子说："让一切人成为一切人的同时代人，无论是生者还是死者。"

是的，一百年后的现在，依然是最好的时代也是最坏的时代，现代人与一百年前的人类其实也是同时代人。我说的当然是灵魂，是生命对美与爱的需求，是冲突造成的忧伤，是恐惧和眼泪。在这个时代，纯正的爱依然是世上最贵重的奢侈品。我曾经写过：一万次男女关系也抵不过玫瑰一天的爱情。这个事实，一百年前货真价实，现在依然证据确凿。

这本散文诗集当然是一本遗憾的文本。从百年浩瀚的散文诗大海中捞取这一册文本的朵朵浪花，遗珠是肯定的。更由于我才疏学浅，所选文本的粗糙也是肯定的。为此我深感不安。

目　录

徐玉诺

徐玉诺(1894—1958),又名言信,笔名红蠖,河南鲁山人。著有诗集《将来之花园》《雪朝》及短篇小说集《朱家坟夜话》(1958 年)等。

紫罗兰与蜜蜂

紫罗兰看见一只蜜蜂懒洋洋地在温暖的太阳下飞着,她喜悦得发抖,她十分卖弄风情,她的色也十分鲜艳,她的气也非常芬芳。

“呵,亲爱的蜜蜂!来!来!我正在盼望你的亲吻!”她疯狂般地喊着。

蜜蜂飞着,没精打采地说:

“我正要工作,因为到晚我必须得两满腿的蜜。”

紫罗兰微微笑了,她的容貌更鲜艳,她的芬芳更浓厚。

我晓得你们同青年男子一样,你们的心常常是干枯的,你们的思想常常是苦恼而且是生铁一般冷枯的;是必须要柔情来温润的……

“来来,我最亲爱、活泼的美蜂!”

“走近来!什么都不要紧,你试一试走近我!”

“来来,什么再没这要紧!”

"我们试一试亲个吻!"

她说着,眼泪一滴滴地从花瓣上滴下来。

蜜蜂肩上重重载着责任和命令,他一点也不动情;他想了想他的工作,很冷涩地说道:

"天不早了,我要工作去;再见吧!"

紫罗兰急急地恳求道:

"且慢!慢!我一定有蜜给你;速来速来!把你的嘴伸在我的嘴里!"

"不!……我要找野菜去,我要找荞麦去……"

蜜蜂喃喃地说着,并且远远地飞去了。

紫罗兰慢慢地低下头来,沉沉寻思……

但是还是不息地放着她的香,浓着她的美。

(选自《将来之花园》,商务印书馆,1922年)

徐志摩

徐志摩(1897—1931),浙江海宁人。著有诗集《志摩的诗》《翡冷翠的一夜》,散文集《自剖》《巴黎的鳞爪》等。

我更要你的灵眼认识我的灵魂

眉,你救了我,我想你这回真的明白了,情感到了真挚而且热烈时,不自主地往极端方向走去,亦难怪我昨夜一个人发狂似的想了一夜,我何尝成心和你生气,我更不会存一丝的怀疑,因为那就是怀疑我自己的生命,我只怪嫌你太孩子气,看事情有时不认清亲疏的区别,又太顾虑,缺乏勇气。须知真爱不是罪(就怕爱而不真,做到真字的绝对义那才做到爱字),在必要时我们得以身殉,与烈士们爱国,宗教家殉道,同是一个意思。你心上还有芥蒂时,还觉得“怕”时,那你的思想就没有完全叫爱染色,你的情没有到晶莹剔透的境界,那就好比一块光泽不纯的宝石,价值不能怎样高的。

昨晚那个经验,现在事后想来,自有它的功用,你看我活着不能没有你,不单是身体,我要你的性灵,我要你身体完全地爱我,我也要你的性灵完全地化入我的,我要的是你的绝对的全部——因为我献给你的也是绝对的全部,那才当得起一个爱字。在真的互恋里,眉,你可以尽量、尽性地给,把你一切的所有全给你的恋人，再没有任何的保留，隐藏更不须说；这给，你要知道，并不是给，像你送人家一件袍子或是什么，非但不是给掉，这给是真的爱，因为在两情的交流，给与爱再没有分界；实际是你给的多你愈富有，因为恋情不是像金子似的硬性，它是水流与水流的交抱，是明月穿上了一件轻快的云衣，云彩更美，月色亦更艳了。

眉，你懂得不是，我们买东西尚且要挑剔，怕上当，水果不要有蛀洞的，宝石不要有斑点的，布绸不要有皱纹的，爱是人生最伟大的一件事实，如何少得一个完全；一定得整个换整个，整个化入整个，像糖化在水里，才是理想的事业，有了那一天，这一生也就有了交代了。

眉，方才你说你愿意跟我死去，我才放心你爱我是有根了；事实不必有，决心不可不有，因为实际的事变谁都不能测料，到了临场要没有相当准备时，原来神圣的事业立刻就变成了丑陋的玩笑。

世间多的是没志气的人，所以只听见玩笑，真的能认真的能有几个人？我们不可不格外自勉。

我不仅要爱的肉眼认识我的肉身，更要你的灵眼认识我的灵魂。

1925 年 8 月 19 日

哪一个心跳不是为着你眉

两天不亲近《爱眉小札》了，真觉得抱歉。

香山去只增添、加深我的懊丧与惆怅，眉，没有一分钟过去不带着想你的痴情，眉，上山，听泉，折花，望远，看星，独步，嗅草，捕虫，寻梦——哪一处没有你眉，哪一处不惦着你眉，哪一个心跳不是为着你眉！

我一定得造成你眉；旁人的闲话我愈听愈恼，愈愤愈自信！眉，交给我你的手，我引你到更高处去，我要你托胆地完全信任地把你的手交给我。

我没有别的方法，我就有爱；没有别的天才，就是爱；没有别的能耐，只是爱；没有别的动力，只是爱。

我是极空洞的一个穷人，我也是一个极充实的富人——我有的只是爱。

眉，这一潭清冽的泉水，你不来洗濯谁来，你不来解渴谁来，你不来照形谁来！

我白天想望的，晚间祈祷的，梦中缠绵的，平旦时神往的——只是爱的成功，那就是生命的成功。

是真爱不能没有力量，是真爱不能没有悲剧的倾向。

眉，"先生"说你意志不坚强，所以目前逢着有阻力的环境倒是好的，因为有阻力的环境是激发意志最强的一个力量，假如阻力再不能激发意志时，那事情也就不易了。这时候各界的看法各个不同，眉，你觉出了没有？有绝对怀疑的，有相对怀疑的，有部分同情的，有完全同情的（那很少，除是老K），有嫉忌的，有阴谋破坏的（那最危险），有肯积极助成的，有愿消极帮忙的……都有。但是，眉，听着，一切都跟着你我自身走；只要你我有意志，有气，有勇，加在一个真的情爱上，什么事不成功，真的！

有你在我的怀中，虽则不过几秒钟，我的心头便没有忧愁的踪迹；你不在我的当前，我的心就像挂灯似的悬着。

你为什么不抽空给我写一点？不论多少，抱着你的思想与抱着你的温柔的肉体，同样是我这辈子无上的快乐。

往高处走，眉，往高处走！

我不愿意你过分“爱物”，不愿意你随便花钱，无形中养成“想什么非要到什么不可”的习惯；我将来决不会怎样赚钱的，即使有机会我也不来，因为我认定奢侈的生活不是高尚的生活。

爱，在俭朴的生活中，是有真生命的，像一朵朝露浸着的小草花；在奢华的生活中，即使有爱，不能纯粹，不能自然，像是热屋子里烘出来的花，一半天就有衰萎的忧愁。

论精神我主张贵族主义，谈物质我主张平民主义。

眉，你闲着时候想一想，你会不会有一天厌弃你的摩。

不要怕想，想是领到“通”的路上去的。

受朋友怜惜与照顾也得有个限度，否则就有界限不分明的危险。

小的地方要防，正因为小的地方容易忽略。

1925年8月27日

（选自《爱眉小札》）

石评梅

石评梅(1902—1928),女,山西平定人。出版作品集《涛语》《石评梅作品集》等。

墓畔哀歌

一

我由冬的残梦里惊醒,春正吻着我的睡靥低吟!晨曦照上了窗纱,望见往日令我醺醉的朝霞,我想让丹彩的云流,再认认我当年的颜色。

披上那件绣着蛱蝶的衣裳,姗姗地走到尘网封锁的妆台旁。呵!明镜里照见我憔悴的枯颜,像一朵颤动在风雨中苍白凋零的梨花。

我爱,我原想追回那美丽的皎容,祭献在你碧草如茵的墓旁,谁知道青春的残蕾已和你一同殉葬。

二

假如我的眼泪真凝成一粒一粒珍珠,到如今我已替你缀织成绕你玉颈的围巾。

假如我的相思真化作一颗一颗的红豆，到如今我已替你堆集永久勿忘的爱心。

哀愁深埋在我心头。

我愿燃烧我的肉身化成灰烬，我愿放浪我的热情怒涛汹涌，天呵！这蛇似的蜿蜒，蚕似的缠绵，就这样悄悄地偷去了我生命的青焰。

我爱，我吻遍了你墓头青草在日落黄昏；我祷告，就是空幻的梦吧，也让我再见见你的英魂。

三

明知道人生的尽头便是死的故乡，我将来也是一座孤冢，衰草斜阳。有一天呵！我离开繁华的人寰，悄悄入葬，这悲艳的爱情一样是烟消云散，昙花一现，梦醒后飞落在心头的都是些残泪点点。

然而我不能把记忆毁灭，把埋我心墟上的残骸抛却，只求我能永久徘徊在这垒垒荒冢之间，为了看守你的墓茔，祭献那茉莉花环。

我爱，你知否我无言的忧衷，怀想着往日轻盈之梦。梦中我低低唤着你小名，醒来只是深夜长空有孤雁哀鸣！

四

黯淡的天幕下，没有明月也无星光，这宇宙像数千年的古墓；皑皑白骨上，飞动闪映着惨绿的磷花。我匍匐哀泣于此残锈的铁栏之旁，愿烘我愤怒的心火，烧毁这黑暗丑恶的地狱之网。

命运的魔鬼有意捉弄我弱小的灵魂，罚我在冰雪寒天中，寻觅那凋零了的碎梦。求上帝饶恕我，不要再惨害我这仅有的生命，剩得此残躯在，容我杀死那狞恶的敌人！

我爱，纵然宇宙变成烬余的战场，野烟都腥：在你给我的甜梦里，我心长系驻于虹桥之中，赞美永生！

五

我镇天踟蹰于垒垒荒冢，看遍了春花秋月不同的风景，抛弃了一切名利虚荣，来到此无人烟的旷野，哀吟缓行。我登了高岭，向云天苍茫的西方招魂，在绚烂的彩霞里，望见了我沉落的希望之陨星。

远处是烟雾冲天的古城，火星似金箭向四方飞游！隐约地听见刀枪搏击之声，那狂热的欢呼令人震惊！在碧草萋萋的墓头，我举起了胜利的金觥，饮吧我爱，我奠祭你静寂无言的孤冢！

星月满天时，我把你遗我的宝剑纤手轻擎，宣誓向长空：

愿此生永埋了英雄儿女的热情。

六

假如人生只是虚幻的梦影，那我这些可爱的映影，便是你赠予我的全生命。我常觉你在我身后的树林里，骑着马轻轻地走过去；常觉你停息在我的窗前，徘徊着等我的影消灯熄；常觉你随着我唤你的声音悄悄走近了我，又含泪退到了墙角；常觉你站在我低垂的雪帐外，哀哀地对月光而叹息！

在人海尘途中，偶然逢见个像你的人，我停步凝视后，这颗心呵！便如秋风横扫落叶般冷森凄零！我默思我已经得到爱的心，如今只是荒草夕阳下，一座静寂无语的孤冢。

我的心是深夜梦里，寒光闪灼的残月，我的情是青碧冷静，永不再流的湖水。残月照着你的墓碑，湖水环绕着你的坟。我爱，这是我的梦，也是你的梦，安息吧，敬爱的灵魂！

七

我自从混迹到尘世间，便忘却了我自己；在你的灵魂我才知是谁。

记得也是这样夜里。我们在河堤的柳丝中走过来，走过去。我们无语，心海的波浪也只有月儿能领会。你倚在树上望明月沉思，我枕在你胸前听你的呼吸。抬头看见黑翼飞来掩遮住月儿的清光，你抖颤着问我：假如这苍黑的翼是我们的命运时，应该怎样？

我认识了欢乐，也随来了悲哀，接受了你的热情，同时也随来了冷酷的秋风。往日，我怕恶魔的眼睛凶，白牙如利刃；我总是藏伏在你的腋下趑趄不敢进，你一手执宝剑，一手扶着我践踏着荆棘的途径，投奔那如花的前程！

如今，这道上还留着你斑斑血痕，恶魔的眼睛和牙齿再是那样凶狠。但是我爱，你不要怕我孤零，我愿用这一纤细的弱玉腕，建设那如意的梦境。

八

春来了，催开桃蕾又飘到柳梢，这般温柔慵懒的天气真使人恼！她似乎躲在我眼底有意缭绕，一阵阵风翼，吹起了我灵海深处的波涛。

这世界已换上了装束，如少女般那样娇娆，她披拖着浅绿的轻纱，蹁跹在她那姹紫嫣红中舞蹈。伫立于白杨下，我心如捣，强睁开模糊的泪眼，细认你墓头，萋萋芳草。

满腔辛酸与谁道？愿此恨吐向青空将天地包。它纠结围绕着我的心，像一堆枯黄的蔓草。我爱，我待你用宝剑来挥扫，我待你用火花来焚烧。

九

垒垒荒冢上，火光熊熊，纸灰缭绕，清明到了。这是碧草绿水的春郊。墓畔有白发老翁，有红颜年少，向这一抔黄土致不尽的怀忆和哀悼，云天苍茫处我将魂招；白杨萧条，暮鸦声声，怕孤魂归路迢迢。

逝去了，欢乐的好梦，不能随墓草而复生，明朝此日，谁知天涯何处寄此身？叹漂泊我已如落花浮萍，且高歌，且痛饮，拼一醉烧熄此心头余情。

我爱，这一杯苦酒细细斟，邀残月与孤星和泪共饮，不管黄昏，不论夜深，醉卧在你墓碑傍，任霜露侵凌吧！我再不醒。

一九二七年清明陶然亭畔

（选自《石评梅作品集》，书目文献出版社，1984 年）

冯　至

冯至(1905—1993),河北涿县人。出版诗集《北游及其他》《十年诗抄》等。

问

他问他的至爱人:“你爱我吗?”

她说:“我是爱你的。”

他们身旁的玫瑰盛开,他便摘下一朵,挂在她的胸前了。

第二天他又问他的至爱人:“你为什么爱我?”

她说:“我为爱你而爱你,人间只有你是我所爱的。”

他们身旁的玫瑰尚未凋谢,他又摘下一朵,挂在她的胸前了。

第三天他问他的至爱人:“你怎样地爱我?”

她说:“我是爱你的,无条件地爱你,与爱我的生命一样。”

他们身旁的玫瑰只剩下几朵了,他还摘下一朵,挂在她的胸前。

最后他问他的至爱人:“你爱我,要怎样?”

她不能回答,被快乐隐去的泪,一起流出来了!

他们身旁的玫瑰,一朵也没有了!

(选自《创造》季刊1923年5月第2卷第1号)

焦菊隐

焦菊隐(1905—1975),天津人。中国导演艺术家、戏剧理论家、翻译家。出版散文诗集《夜哭》,继之出版《他乡》。

幻象的波澜

朋友,你载满了香花的诗集内,我寻到了一处黄沙蔽天所在,这就是北地,充满了愁惨云雾和别离的痛苦的北地。

来呀,在这梦的团聚里,我们将互握着柔腻的手,像一对小女孩儿,倚傍着香肩,微微地低语,道着爱慕的芳香言语,如春峡中潺潺的细泉一样清响。

来呀,这梦里,你将仍居在北地,不会再感到暖国里的相思症;也更不信北地充满了愁惨云雾和别离的痛苦。这里没有虚伪,只有希望的蓝鸟和翱翔的白鸽;这里没有沉雾,只有光明的清爽;这里将为一切"别离的愁苦"悲悼,哀它不再在北地盘留。

我的朋友,来呀;如果这能是真的,我将如飞过了彩云的小鸟的欢快。但,朋友,你没有来:睡里,梦中,我只有空伸着预备接收你的双手,你没有来,终究没有来!

这里终于还是愁云惨雾,和别离的悲苦。从你载满了回忆的香花的诗集里,我才晓得你为什么不会来到我的梦中!你也是正做着北地黄沙的好梦,盼候着我到你梦中去的!

(选自《夜哭》,北新书局,1926 年)

阿　垅

阿垅(1907—1967)，浙江杭州人。著有《南京》(《南京血祭》)《无弦琴》《作家的性格和人物的创造》等。

星

夜比昼更呈广大之象，灿烂而富丽的繁星，如华贵妇人的珠宝过多的庄严，不像太阳虽然赤赤作光却是个孤立的火球；星把世界缩为微光一点，太阳总是夸张自己无穷的光和热。

我爱星星：它那样谦虚，仿佛只是溪边、草间的流萤，可以张扇扑捉；它那样温柔，仿佛有聪明、美丽诸德的眼睛，可以无言相对；它那样崇高，作几何的排列，把人类思想提高，越出地球而不顾地球；它那样永恒，以太古的光照耀今天和明天，给生命意义作出引论和结论。

我是怎样爱星啊。

夜间，从如丝的纤云里从浓重的柳影里，或者，从夜移默飞之处，从柔蓝一片的天空，我看星。天雁座张翼高飞，如伸颈向西南方而长鸣。织女星斜傍银河，像倦于洗濯清纱而心有所思，已经是秋天了啊。我看星，我爱星。

“你看什么?”

“星啊。”

“不是星，是她。”

我没有否认。因为，是星，也是爱，是她，也是爱。而爱，如星的光，不是污辱，是皎洁。

我应该如何爱她爱星的，这不仅仅是从地上的远望，而是呈以无邪的心彼此交融在生命之上。

同样，我也将给她我这爱星的心，因为在她有崇高而永恒的德，于是我有谦虚而温柔的爱。

（选自《现代文艺》1942 年第 5 卷第 3 期）

朱大枏

朱大枏(1907—1930),四川巴县人。“五四”中期很有才华的青年作家。

少女的赞颂

想要追寻心灵的完美,寻找让我不再迷惘的世外桃源。正是为了这一完美,对着那冷艳的脸,那脸上仿佛敷着一层洁光泛滥的晴雪,我恍惚漫游在雪后的荒山中,遗忘掉枯寂的心情,领悟到凄寥的静趣。这潜静的心,也恰好比喻做积雪的原野,不论受什么情绪和意念的践踏,只一度践踏过去,便留下深深的印迹。

爱慕跨上心头,羞怯跟在他的后面。爱慕迂缓地爬着而羞怯飞似的奔驰。一会儿,羞怯追越过爱慕的脚踪,仍自单人独骑地在我心里驰骤,爱慕便悄悄地遁去了。

后边还有一行列,影影向我心头进行。仔细辨认得出:是希望的马驾着苦恼的车,猜疑飘飘地摇动着走,决断显露出铁青的脸色,妒忌携着怨恨,愤怒直冲上前,忍耐则病恹恹地挣扎着。

于是他们都蜂拥上心头,遍心深深地刻着纵横的辙迹,蜂窝似的穴孔。再偷看那冷艳的脸,脸上还铺着坦荡荡的雪层,没经过丝毫的凌践似的。我可不知道她内心的情状,我极想知道的,她的心是和她的面孔一样光鲜呢,还是像我的心一样凌乱呢? 也许竟是一包泥浆了，啊，那可难说！你瞧，那脸上堆积的雪层够多厚，我眼光又没有太阳般的热力，怎能够探索她心里的秘蕴。

但是你仔细看去，她的嘴唇边不还有一点融化的痕迹？那不是曾经过情爱的嘴唇的烙压？看吧，她满脸的冰雪就要从这一点热情的烙印化起！那烙印像从绽破的石榴里挤出来的一颗鲜红的米粒。

但是我抽身走了。

爱慕悄悄地遁去，羞怯飞越过爱慕的前面，便也缓了下去，却还有脚爬手搔的乱动；希望脱掉缰绳跑去，剩下苦恼停在心里；妒忌怂恿怨恨咆哮，愤怒更在一旁呐喊着助威：忍耐跌倒地上；决断毅然赶走了猜疑，而冷淡趁这扰乱之间便瑟瑟地跨上心头。

于是泥泞的雪野渐渐变作坎坷的冰地。虽然我没有回头窥望，但是我猜想，我也希望，那冷艳的面孔将要渐渐晴霁了，满脸绚烂的红旭比那寒冽的洁光更美，那完全绽破了的石榴啊！

（选自《现代文经典评读》，上海教育出版社，2007 年）

朱生豪

朱生豪(1912—1944),浙江嘉兴人。有译著《莎士比亚全集》出版。

醒来觉得甚是爱你

昨夜我看见郑天然(编注:朱生豪的同学加好友)向我苦笑。你被谁吹大了,皮肤像酱油一样,样子很不美。我说,你现在身体很好了,说这句话,心里甚为感动,想把你抱起来高高地丢到天上去。醒来觉得甚是爱你。

这两天我很快活,而且骄傲。

你这人,有点太不可怕。尤其是,一点也不莫名其妙。

你一定要非常爱你自己,不要让她消瘦

天如愿地冷了,不是吗?

我一定不笑你,因为我没有资格笑你。我们都是世上多余的人,但至少我们对于彼此都是世上最重要的人。

我一天一天明白你的平凡,同时却一天一天愈更深切地爱你。你如照镜子,你不仅会看得见你特别好的所有,但你如走进

我的心里来时，你一定能知道自己是怎样好法（这是一个很古怪的说法，不是?）。

一切不要惶恐，都有魔鬼做主。

我真的非常想要看看你，怎么办？你一定要非常爱你自己，不要让她消瘦，否则我不依，我相信你是个乖。

两个宋清如

我希望世上有两个宋清如，我爱第一个宋清如，但和第二个宋清如通着信，我并不爱第二个宋清如，我对第二个宋清如所说的话，意中都指着第一个宋清如，但第一个宋清如甚至不知道我的存在。要你知道我爱你，真是太乏味的事，为什么我不从头开始起就保守秘密呢?

为什么我一想起你，你总是那么小，小得可以藏在衣袋里?我伸手向衣袋里一摸，衣袋里果然有一个宋清如，不过她已变成一把小刀（你古时候送给我的）。

我很悲伤，因为知道我们死后将不会在一起，你一定到天上去无疑，我却已把灵魂卖给魔鬼了，不知天堂与地狱之间，许不许通信。

我希望悄悄地看见你，不要让你看见我，因为你不愿意看见我。我寂寞，我无聊，都是你不好。要是没有你，我不是可以写写意意地自杀了吗?

（选自《朱生豪情书精选》）

徐　迟

徐迟(1914—1996),本名商寿,浙江湖州人。著有《哥德巴赫猜想》《地质之光》《诗与生活》《徐迟散文选集》等。

橹

你没入雾里去的时候,我把你比作了橹。橹,这样摇曳地远去了,没入深雾里去了。

在美丽的河床上,须有橹美丽的步伐同行。水的花上,沾着雾,然而在这冬天的市街上,气候凝固,你为什么不借着这冰冻的掩饰,让夕暮的街灯之光,投给我一个侧影的如鱼般的视线呢?橹的胴体上,抹着黄色的桐油;橹是美人鱼,是裸泳的女郎——你是爱侧泳的吗?

我目送你,侧往左、侧往右,渡水渡桥,在桅樯之影的林中隐没入雾里去了。载着我们的心的是你美丽的船舫,而你这支美丽的橹,摇着了我的恋爱了。

(选自《中国散文诗90年》,河南文艺出版社,2008年)

莫　洛

莫洛(1916—2011),浙江温州人。著有诗集《叛乱的法西斯》、散文集《生命树》、散文诗集《大爱者的祝福》等。

大爱者的祝福

雪已经融化,太阳已经出来,叶丽雅,天色不会再阴暗无光。出来走走,叶丽雅,把你的脸朝向阳光,把你的心朝向阳光,像那些初春的花木一样,把你的喜悦洒向阳光。

不要说你在追寻爱,而说,爱在追寻你;叶丽雅,爱在晚冬的青空闪耀;爱在一片广袤的晴野闪耀;爱在草叶的细尖上闪耀;真的,叶丽雅,爱在你追奔的路上,在你追奔的周围焕发着光彩。——有金色的光流与光涡;珍珠的滴粒,也发光,像你的一片纯净的心,有着海一样的阳光的焕发。

你曾在夜间的冥黑里等待,叶丽雅,你的爱在使墨般的夜生光。——这是月的光,照在平静的湖面的银彩;净白的光,使人惊觉,使夜的护神羞愧。叶丽雅,你曾在黑夜等待,这是爱,爱将为你而忠诚,有明天的阳光,倚临你的窗口,唱温甜的歌,柔曼的歌,唱用光谱成曲调的美好的歌。

出来走走,叶丽雅,不要带一点焦躁,不要怀一丝痛苦;出来走走，叶丽雅，路是多的，路是长的，但是你有爱在，路在你面前缩短了距离；出来走走，叶丽雅，冬日融雪是最冷的气候，雪也刚刚开始融化；叶丽雅，你有爱在，会使雪融得更快，会让常春藤悬在大树身上，露出它企望的脸；会让那些长时戴着白色睡帽的山，失去所有的睡意……叶丽雅，出来走走呀，而且冬天的日子是短暂的，融雪的日子，正是一个庄严肃穆的宣示，一张大自然无字的布告：是一个欢悦，一个希望，一个迎迓……

上帝并没有把不幸落在你一个人身上，叶丽雅，你应该说：不是上帝；但有大的不幸，落在世界人群的身上。

这正像冬雪，需要阳光的照拂，需要融化。

叶丽雅，你有爱在，你的爱就是对人群作幸福的期许。你不拭下眼泪，弹向别人的脸上；叶丽雅，你的心是大的，你的心像海，你把眼泪连同痛苦，让自己一个人悄默地吞咽；泪吞入你的心里，你的心海，有波有澜，浪的推击，使你孕育了勇气；你走出那个私心寂寞的园落，你跨前了一步，你发了光，你有了热；你行走在人伙之中，你成为战队里一个细胞，一个环节……叶丽雅，你有爱在，有大爱便忠诚追跟你！

你说，不幸落在人众的身上，但是叶丽雅，你的爱，已向不幸的人众作了远大的幸福的期许。

这里有我整个灵魂的热情，拿去它，叶丽雅；不吝惜自己热情的人才有爱，能够取得别人的热情的人才有爱。

生活的活跃，上帝已全部付给你；叶丽雅，别犹豫，只应诚意地接受，生命的接受，是人类的光耀，别忽视了这神圣的盛情；叶丽雅，生命的活跃从你灵魂的窗口走进，你不接受，将使爱丧生，使生命枯萎，使人类少一分光，添一分黑。

而且请接受我的祝福，叶丽雅，你拿去我整个灵魂的热情和祝福，这将使你知道一朵花的美俊，一个灵魂的善良，以及人性的净洁……

因为你有爱在，叶丽雅，我才不厌烦自己的歌唱，不厌烦对你的祝福，不厌烦劝你出来走走，像洒落喜悦一样，请你向人众洒下大爱……

（选自《大爱者的祝福》）

郭　风

郭风(1917—2010),本名郭嘉桂,回族,福建莆田人。著有散文集、散文诗集55部。

他和她

她忽然来叩他的门。

其实他和她,数十年来不曾交往。他现在已经两鬓如丝。她似乎有如一朵枯萎的玫瑰。

她走进门来。为他所意料不到的是,她目中闪耀一种焕发的青春的光辉。

他请她坐下。她忽然有些羞涩。过了许久,她讷讷地说:

"……我对您至今还有印象。我至今记得,我曾看见您在一条下雨的小巷里,边走,边读一卷诗。那时,我们都还小……"

"哦,哦。"他说。

她告辞以后,他有些忧伤。他想,她为什么忽然来呢?她为什么表白一段童年的印象呢?他是诗人。他有一点敏感。他想,有一颗无邪的种子,曾经失落在一片干旱的土地上,不曾发芽。这颗种子忽然发芽了。但是,如果作为爱情的种子,它发芽得太迟了。因为在他的这一方面,已感到迟暮之阴影降落于他的心灵的某一隅,虽然他的窗前照耀晚晴。

(选自《中国散文诗90年》,河南文艺出版社,2008年)

柯　蓝

柯蓝(1920—2006),本名唐一正,湖南长沙人。著有小说、电影剧本、散文集、散文诗集30余种及《柯蓝文集》(6卷)。

爱情絮语(节选)

1

不曾表白过的爱情,是那不曾开放的花苞。它的美在内涵,在沉默中成长。如果经不起严霜、风暴、雷雨,如果是错过了季节,花苞脱落了,枯萎了,那么,不曾表白过的爱情,在记忆中淡漠,在历史中枯萎。正如我们在人生道路上,回顾道路上的落叶。

2

不能实现的爱情,是那不能吃的桐子果,又苦又涩。它的美在惋惜、悲痛中成长。心灵的火花在秘密中燃烧。如果爱情的闪电,不能战胜世俗黑夜的偏见,那它只能如一束流星,按自己各自不同的方式,从燃烧到毁灭,于是两颗颤动的心,受到爱情的创伤,在痛苦中死去。

3

被拒绝的爱情，是一颗没有找到土壤的种子。即使它在独自的相思中发芽，那鹅黄色嫩绿的细芽也会死去。如果爱情是纯真的，爱，和被人爱都是一种幸福。请不要轻佻地拒绝。

4

许多第二次燃起的爱情，常常是第一次爱情的继续。马恋旧槽，人思故旧。情思难断呵。初恋失败的人，在初恋中所追求的，仍然要在第二次追求中获得。获得的多少，将会决定对初恋怀念的程度。

初恋是迷惘的、狂热的、令人心醉的记忆。连时间老人也不可能将它磨灭。它将陪伴人的一生。有人说，男的对初恋是永世不忘，女人却容易忘掉。这，完全是误会。女人的秘密藏得更深，只是不说出来罢了。其实女人记得更清楚。所以女人才最痛苦。

5

偌大的明净的图书馆阅览室，挤满了男女阅读者。没有任何交谈，只有专心的探求，知识的海浪翻腾，思索的双桨在知识的海洋上前进……

难道在这样的时刻，爱神也光临吗？为什么在邻近的阅读座位上，有一个戴鸭舌帽的人，老是坐在那里，默默地坐在那里？多么用功啊，也许什么都不是，不要想得太远太离奇。那么时间太久了，次数太多了，阅读的座位也越来越近了。虽然还是默默地相见，默默地分手，我却奇怪这个人在研究什么呢？呵！一本一本的书，怎么和我看的是这样的相同呢？难道我们的兴趣、方向竟是如此的一致。我不知为什么总是向他偷看。

偷看的好奇心，难道是罪过么？偶尔的发问引起的热烈讨论，难道也是罪过么？难道在共同探索的道路上，遇见了爱慕的人，我应该回避躲开什么？

天，我的心已经被爱神的箭射中了。我收到了一个不署名的约会的纸条。

6

不要感叹爱情的离奇莫测，小姐和情郎的相恋，但最后情郎却爱上了代替小姐写了几十封情书的婢女。这不是小说中编造的故事。

相爱了几年的男女，在一个短暂的相逢中，陌生人会抢走情郎或恋女。山盟海誓的爱情，变心了。这，也是生活中常见的事实。

有不能见面，却靠书信成熟的爱情。

有在亲友纷纷反对下，更加迅速发展的恋爱。

有冲破种族、国籍的恋爱。强烈的爱情，消除着一切阻力。不能给爱情下确切的定义，它是生活中的激光，最难约束的激光。

8

一个爱的微笑，一束爱的眼光，闯进了我的心灵。这位陌生的来客，为什么我赶也赶不走你，忘也忘不掉你呢？太可怕了，我的心灵里将会引起什么样的风暴呵。快来救救我。

——这是一位少女被爱情征服前的祷词。

11

别问我为什么爱你。请看我燃烧的眼睛。别问我为什么会爱你，请看我羞涩发红的面孔。别问我为什么是真的爱你，我，实在连自己也说不清。爱情此刻是如此使我痛苦，就是我狂热爱你的见证。

请不要相信语言对爱情的表白。爱情是不能用语言表白的。

12

海边的林阴道上。（难道这也是人生的道路么？）一对过去相恋的情人相遇了。双方的眼光是那样的惊疑，又熟悉又陌生，又欣慰又哀怨。也许两人都这么无言擦身而过。也许两人十年二十年，再也不会相逢。两颗被爱情创伤的心，会暗中叹息吗？这是爱情留下来的枯死树根。

枯死的树根深深地埋在地里。这是一个不被人发现的秘密。

（选自《人生·命运·爱情：柯蓝散文诗选》）

彭燕郊

彭燕郊(1920—2008),本名陈德矩,福建莆田人。1939年开始发表作品。著有《彭燕郊诗选》等10余部。

观景台,一种高度

天子山老虎口有一小小悬崖,今辟为观景台。友人告诉我,某次,游伴中有一少女,闭起眼睛,说愿意就这样跳下去。友人问“是不是在第一个吻之后?”少女回答:“那当然。”

登上观景台,就会知道,人经得起丑的冲击,却经不起美的冲击,天地让光芒四射的美景充塞了,眩晕的不仅是视觉功能。

想想看,天上出现十个月亮,先看哪一个?出现十条彩虹,选择哪一条?奇异瑰丽迎面扑来,叫人无法逃避,追寻美又在美前退缩,只有更深地坠入晕眩。你闭起眼睛,有点责备自己没有做好准备,在不恰当的时候,冒冒失失登上观景台

闭起眼睛,站在观景台上却闭起眼睛。同时,用几个音符演奏的乐曲,只能用闭起的耳朵听。是的,要保持镇定。眼睛,最忠实却又最原始的接收器官,不会录下影像,不能使流动的停止,让停止的流动,更不会分割影像,呆板、迟钝,老是蹒跚着在原地踏步。但又善于叫人眩晕。观景台,这用三块刻花玻璃搭成的窥镜,让落在里面的你连气也不敢出,身边的空气也像受惊吓一样

在颤抖。首先，你得镇定下来。

闭起眼睛，像纯情少女第一次接吻时那样，在急促呼吸传导的两个人的体温里陶醉，一头扎进顷刻之间发生的愿望化为现实的巨变中闭起眼睛，本能地用短促的轻轻摇头，咽下听不出的少女特有的洗练语言："别这样！"闭起眼睛，表示有决心承担突然形成的、只有两个人知道的爱情的严重事态的一切后果；闭起眼睛，平息想痛痛快快哭一场可又一时哭不出来、和心潮起伏紧紧连在一起的永恒的激动。

幸福是如此纯粹，完全没有经验的纯情少女，来不及去理解这太纯粹的幸福里所包含的，从前没有、以后也不会再有的辉煌。闭起眼睛，不想看什么，也听不到什么，连自己的喘息也听不到，因为已经看到、听到天地间不存在的什么，凭直觉知道在这预料不到、但又意料之中的关键时刻还会有什么发生。知道这急促的呼吸里有着永恒，她闭起眼睛。

知道接下去将要失去什么，得到什么。可以肯定，已经从世俗和教养强加的窒息里逃脱了出来，既然已经逃出，许多未了的心愿就好像都已了却，既然有勇气背叛还在坚守的信条"我是绝不做这种事的"，而现在是做了，而且做得有些过头了，或许这就是人们常说的失去自制，管他呢，退路是没有了，已经顾不上这些，已经豁出去了，把珍惜了多少年的青春摆到爱情天平上的局面已经是明摆着的了。她闭起眼睛。

器官却太灵敏了，把表达交给眉毛和飘动的秀发吧。幸福绝不是幻觉，痛失良缘的懊恼已永远和她无关，泄露一点点心满意足有什么不好？难道这不是很自然的吗？

亿万分秒过去了，亿万年过去了，她重新睁开眼睛，从中放射出深邃的成熟的光芒，她已经赋予视觉器官完整的功能，世界在她已不是幻影，而是全息图像，她已经把握了世界，已不是每天早晨窗下对镜梳妆的她，不是雨中倚门伫立不胜惆怅的她。她已经痛切地感到正在向昨天告别，决绝的、舍弃的告别；正在向今天的世界投入，无可挽回、毫不保留地投入。

非常自然地闭起眼睛，她跨过围栏，纵身跳下悬崖。因为只有闭起眼睛，才能更好地体味跃入幽谷时翱翔蓝天、沉潜深海般的最人性的诗意，生命的一曲高歌，就这样以分不清谁胜谁负的爱与死难解难分的搏斗为旋律被谱写出来了。

我呢？我闭起眼睛，是为了让面对美景如同面对烈日的自己镇定下来，是想在面对有如涨潮的大江忽然忘记流动，江面忽然涌出被巨浪撞开、又被巨浪推送前来的庞大画卷，用闪动浪花镶嵌的矗立的群山的兽皮般的威严和原始的粗鲁，以及有江湖女艺人扬起的眉毛般简洁而老练的俏丽远峰的轮廓面前，调整感觉功能，安排最理想的观景程序，这可真有些过于事务性了。人们在让自己用视角印象勾勒美的体积和分量，使之长留于记忆中，在发现看到的远远超过想象的，在美的吸引力触发的震颤里想要保持平衡，在他担心睁开眼睛美景反而会消失时，闭起眼睛是很自然的。我闭起眼睛。

闭起眼睛。纯情少女可以为珍惜炽热的感情，为她所认为的只有她一个人懂得的最美感情闭起眼睛，表示对生命终极意义的珍惜，可以为相信任何人都将赞美她的恋情，为从今以后再不用为寻找并回避可能的、哪怕最微细的妨碍她神圣恋情的征兆而苦恼，她闭上眼睛，以达到与美的绝对和谐。

我是没有可能成为传说里的角色的，我闭起眼睛，是急于清除世俗的恶劣印象培养的好奇心，清除那些古老优雅和时髦优雅给我带来的低级趣味，那些通过一本正经的途径灌输给我的无意义。“让开吧，你们，让我安静一会儿。”这就是我用闭起眼睛表示的。

要像纯情少女那样，和眼前这美景融合，获得至高的人性诗意，我还缺少什么呢？我能不能像她那样，先用心，然后再用脑去感受和思考？能不能像她那样善于调节自己，善于从众多的瓜葛里解脱出来？至少在现在，我不可能获得她跨过围栏的那一瞬间获得的最美妙的陶醉。

突出于深邃幽谷的悬崖，是用什么支撑的？它把我举得太高了。

1995 年 7 月 12 日

（选自散文诗集《漂瓶》，花城出版社，2010 年）

张爱玲

张爱玲(1920—1995),女,本名张煐,祖籍河北唐山。著有小说、散文、电影剧本及文学论著多部。

爱

这是真的。

有个村庄的小康之家的女孩子,生得美,有许多人来做媒,但都没有说成。那年她不过十五六岁吧,是春天的晚上,她立在后门口,手扶着桃树。她记得她穿的是一件月白的衫子。对门住的年青人,同她见过面,可是从来没有打过招呼的,他走了过来,离得不远,站定了,轻轻地说了一声:“噢,你也在这里吗?”她没有说什么,他也没有再说什么,站了会,各自走开了。

就这样就完了。

后来这女人被亲眷拐了,卖到他乡外县去作妾,又几次三番地被转卖,经过无数的惊险的风波,老了的时候她还记得从前那一回事,常常谈起,在那春天的晚上,在后门口的桃树下,那年青人。

于千万人之中遇见你所要遇见的人,于千万年之中,时间的无涯的荒野里,没有早一步,也没有晚一步,刚巧赶上了,那也没有别的话可说,唯有轻轻地问一声:“噢,你也在这里吗?”

(选自《现代散文鉴赏词典》)

耿林莽

耿林莽(1926—),江苏如皋人,现定居青岛。出版散文诗集《散文诗六重奏》《望梅》等12部,散文集《人间有青鸟》等3部,文学评论集《流淌的声音》等2部。

野草莓,山谷之唇

瓦罐里没有水了。手握枯枝,吮吸不到露水和雪的山谷女子,在崖边

守望着什么呢?

羊角上有风,轻轻吹过。阴影自峡谷升起,那是绿色丛林,在一场新雨中灿然生辉。满坡满谷,都披上了她的发丝。

山谷女子,在崖边

守望着什么呢?

悬挂在高山的阳光瀑布,弹落半坡,草丛里的野草莓,是水中的火焰。一粒粒,大地胸脯上野性的原欲的种子,飞翔。

山谷女子,在崖边

守望着什么呢?

羊群自山下,啮出一条小路,吹笛子的少年,穿红衫的少年,蹲在那片草地上采撷。

山谷女子,在崖边
守望着什么呢?

野草莓,大地胸脯上
野性的原欲的种子,染红了
山谷之唇。

东方温柔

浅蓝湖水色的丝绸,无领。你的阔肩,丰满手臂,掩映在湖波下面,肥壮的藕。

微俯下头,低眉。有一浅浅笑窝,看不见眼睛的颜色。那微笑,羞怯,唯二十岁新郎才有的
一种妩媚。

(新娘就站在一侧,粉红色。刘海疏疏地曲折。也笑着,低头。一种无语的娇羞,才是东方少女的温柔)

人们散去。红烛点燃时辰,留于你们消磨。
说什么呢? 语言已多余。
红烛之光,何时陨灭?

湖变成黑色的了。

你试着划动桨叶，如藕的臂肘，一寸寸向前。你触着了一角绵软的肩。

（一只手轻轻将你推开。）

愈是轻轻地推开，愈是浓浓的诱惑。

距离在推远中临近。

你有一蓬柳树叶那样厚厚的浓发。你有宽宽的柔润的唇。

一种气息弥漫……

五月之夜，浅浅蓝色已经退去，化作一条跃然而起的鱼，湖水里游泳。

（那水是清凉的吗？）

温柔的泅渡……

红头绳，白头绳

船头上，总有女人在补衣裳，缝不完的伤口，青布衣，白布衣。

她的孩子，却总是光屁股，拖着鼻涕，在船舷边爬。

（没有光屁股的孩子，便不成为串场河。）

那盏瞎了眼的小风灯，在船头摇晃着阴影，催她入睡。

她躺下了。

丈夫身上，散发着浓浓的烟气息，汗气息。鼾声很甜。

（摇不醒他，行船太累。）

轻轻抚摸隆起的胸，渐趋松陷，且有棱棱的骨耸出。

不是当年，扎红头绳的新嫁娘，多少温情。

她睡不着。

船轻轻摇晃，河轻轻摇晃。夜夜这样。

船睡不着，河睡不着，她睡不着。

有一天，她要扎那根白头绳吗？

她不敢想。

船轻轻摇晃，河轻轻摇晃。

夜夜这样。

红头绳到白头绳，很短。

而河，很长。

（选自《散文诗六重奏》《望梅》等）

孔　林

孔林（1928—　），山东荣成人。出版诗集《百灵》《孔林诗选》，散文诗集《晨露野花》《孔林散文诗集》等。

爱的絮语

1

多少个不眠之夜，我听到大海的轻涛细浪，拍打着柔和的海滩，抒发出一阵阵温情的轻声软语。仿佛从消逝的岁月里传来，很远很远，但声音鲜亮而亲切，轻悠地掠过我记忆的脑海，发出袅袅不断的回音。

仿佛海鸥在天水之间悠长低回的啼声。

又似晚归的潮水对寂寞海岸的激情狂吻。

我们曾有过难忘的时刻，难忘的时刻伴随海涛的悄悄碎语，犹如砥岸的微波吐出群鱼喋嗡的声韵。

我怀念回音，我渴望爱的降临。在这茫茫星夜里，大海的轻波细浪，飘然来到我的身边。

2

你说你每日傍晚静坐在微波荡漾的海岸，遥望水天一线，那里白天有绫罗似的羽毛状的彩云，夜晚的灯火闪烁着含情的眉眼。

你说我常在梦中飞去，寻觅五彩灯光里隐藏的欢笑，跃动的青春。

你说你听到波涛汹涌吼声不断，仿佛有数不尽的狼群狂奔在草原。

你说你看见一只小船，勇敢地离开海湾，猛然一个巨浪扑来，小船消逝的瞬间你闭上双眼，耳边响着慌恐的颤音。

当你睁开眼睛的时候，小船似一道闪电，刺穿浑然一片的黑暗的心，一声大笑冲向浪的顶峰。此刻你的影子已消逝于海岸，水天间多了一只海燕。

3

我听到他人听不到的，赤足走在青石板上似水的流音。

我看到信笺上笔在叹息，犹如琴弦静止时的悠悠颤音。

当我悄悄地避开四周的眼睛，看见他人看不到的隐藏在灌木丛中盛开的玫瑰。

我想去摘取又怕打扰怒放的花期。此刻我的爱是一只嗡嗡吟唱的金蜂，不知疲倦地飞来飞去在灌木丛中。

4

你说你的心室像深山古寺般寂寞，像严冬一样清冷，太阳和明月从远方投来淡淡的目光。

偶有云朵洒几滴清泪，款款走过。

鸟儿啼鸣只留下瞬间记忆的欢乐。

我请你接受一颗爱的种子，别再忍受孤单的折磨。当种子发芽的时候，你会结识一位忠实的朋友；当枝头开花的时候，你会迎来甜甜的微笑。果子会在忠诚的阳光雨露中成熟，那时，你收获的将是人间最珍贵的欢乐。咀嚼是爱的享受。

（摘自《孔林散文诗选》）

绿　藜

绿藜(1930—　),本名陈志民,原名史智敏,河南潢川人。著有《爱之旅》《中国的罗曼斯》《绿藜诗选》等。

有　赠

从我这里,你将得不到什么了不起的幸福,是的,确是如此。

你所追寻的只是一缕诗的折光。现在,你确凿无疑地得到了。

有了它,你大约可以不再寂寞,不再寒冷,不再有那么多噩梦,大约可以多一点安宁和微小的希望。

但是,一切属于我的安恬(如果有的话),都属于你。一切属于我的烦忧,我都尽力一体承担。

一切都认为值得接受的,我都给;

一切你觉得不宜于收纳的,我全不出示。

从沉渊中升起;有光,有耳语,也有污水与嗡营。这些,你都知道。

你说,全在意中,不存芥蒂。

这就很好。我感谢你。

我爱！我爱！

在北国，我爱惊心动魄的极光，我爱洁白如雪的天鹅和丹顶鹤。

在长城，我爱大风，爱悦地请她入怀；我爱秋空人字形雁阵奋勇远飞的姿影。

在中原，我爱滚滚东去的黄河，也爱故乡门前的小溪；我爱大别山的劲松，也爱侧身其间的蒺藜。

而在南方，我爱红棉如火、榕荫似盖、爱蓝色的海；我爱巫山的云、苍山的月，但更爱红豆以相思的柔丝织成的夜幕……

只要我活着，就得爱；只要我在大地上行走，就得热烈地爱。

呵！只要我不曾被开除中国的国籍，我就要钟爱上面提到的一切！

我爱！我爱！

而我最爱的，却是月色如梦的云梦大泽之畔的一朵睡莲——我的缪斯的象征。

不要说我向她表白的时间不算太长吧。

而仿佛我早曾先后与西园的郁金，南苑的紫罗兰海誓山盟。

那不是我最高的追慕。那只是花朵对于人的引诱，人对于芬芳的嗜爱。

不要用恶毒的中伤之箭、卑劣的报复的利斧损毁她——我的爱、我的心吧！

我们也必严阵以待。我们已经严阵以待。

而如果不幸我被诱骗而去，我一个人，将屹立至最后一息，在生命——爱的沙场上完成一尊爱之殉难者的塑像。

（选自《中国当代爱情散文诗精选》）

肖 岗

肖岗(1930—),浙江嘉善人。著有散文诗集《沉思的山岩》,长篇抒情诗《你一定能够回来》等。

多情最是五月天

这云脚匆匆,这乍晴又雨,这说变就变,才是山里五月的多情,山里五月的慷慨。

八音鸟爱在这天气鸣啭。脆生生的音符,脆生生的韵味,跟着这云脚往返。

山杜鹃爱在这天气竞绽。水淋淋的艳红,水淋淋的素白,随同这烟雨点彩。

这晴晴沥沥的五月天,发芽爆青的采茶天。

来一阵细雨,又爆一潮春芽。

再一片阳光,又发一层新翠。

喜也喜在这说晴就晴、说雨就雨、说变就变。忙得采茶姑,雨披脱不了身,茶篓离不了肩。

悠悠扬扬的,不是那支《采茶歌》吗?

也是半支飘在晴空里,半支淋在雨水里。

不过,但求晚上有轮好圆月。可别忘了呢,还跟开拖拉机的哥哥,相约明月溪。

唉,喜也喜在这个变,愁也愁在这个变。

(选自《散文》)

柯　原

柯原(1931—　),湖南新晃人。著有散文集《南方的爱情》等10余部。

古老的话语

当桑田还是茫茫的沧海,海风曾把这句话轻轻传递;当千年古松还是一株小树,就听过这般悄悄耳语;秦时的明月,汉代的烟雨,对这句话早已听过千百次。

一句很古老很古老的话,如今依然充满了魅力。我要对你再重复一次——

像破土而出的嫩竹那样翠绿,被一身露珠充满了生机;像春风梳理的柳丝的柔情,系住了青年人绵绵情思,像南海的珍珠那样圆润光洁,在玉盘里滚动,晶莹无比。

一句很古老很古老的话,却又千百次从火热的胸膛飞出,让我贴着耳朵悄悄告诉你——

漓江畔

看这青罗带似的水,看这碧玉簪般的山,就在这漓江之畔,让我为你拍一张小照吧！

江边翘起了一副画板，一位画家正在凝视作画，他画下了漓江山水，也许画下了正在拍照的你和我。

江心驶过一艘游船，一位摄影师举起了摄像机，也许在拍一组长镜头，拍下了这山这水，拍下了你和我，也拍下了画家和他的画板。

哦，这漓江山水，是一幅长长的、长长的画卷，随你任意裁剪。也可以是方寸的小小照片，也可以是身入其境的全景镜头。每个人都在剪裁自己的所爱，每一处都能剪裁下惊奇和喜悦。

让我们在长长的画卷里漫游，让我们一处又一处地剪裁……

（选自《中国当代爱情散文诗精选》）

海　梦

海梦(1932—　),本名吴怀乡,四川金堂人。著有《海梦文集》和中长篇小说多部。

泼水节的旋律

1. 大青树下

她,一身早已湿透,还在微笑。

夕阳,把七彩的光筛在她身上,她扭着腰肢,伫立在这儿,纹丝不动。

贴在身上的衣裙,勾勒出动人的线条。红土墙上映出一个长长的剪影,一个双臂抱在胸前的维纳斯。

黄昏之前,她的梦还那么渺茫。

她不会离去的,不会错过使她心儿颤抖的那个时刻。

甘愿穿着这身湿透的衣裙,站在大青树下等下去,等下去。等到黄昏,等到孔明灯升上夜空,等到她惊慌地回过头去,看见那双火辣辣的眼睛。

2. 迷人的夜

夜,多么迷人。

广场上，红的灯，绿的灯，黄的灯，灿烂的星辰，美丽的眼睛。

光的汇聚，色彩的流动，眼睛映着眼睛。

好奇的眼睛里，映着龙的眼睛，塔的眼睛，锣的眼睛，象脚鼓的眼睛。

快乐的眼睛，映着歌的眼睛，舞的眼睛，微笑的眼睛，祝福的眼睛。

火辣辣的眼睛里，映着脉脉含情的眼睛。脉脉含情的眼睛里，映着火辣辣的眼睛。

眼睛映着眼睛。这是一条通往心灵的路，通往幻想的路，通往幸福的路。

夜，已经很深了，拖拉机还在从四面八方运来那么多带着花香、年轻而又明亮的眼睛，来修筑这条神奇的路。

3. 竹楼情

我静静地望着美丽的竹楼，望着一个神奇的世界。

耳楼上，停着沾满花香的拖鞋，一只只，像归岸的小船。

竹楼里传来一阵阵庄严的歌，像海潮低啸，像夜马奔驰，像情人心曲。

我踏着歌声走去，走进这个神奇的世界。

我惊骇了，这层薄薄的竹壁，竟然关着一个辉煌的宫殿。那么多盛装男女，盘坐在佛像面前，合掌祈祷，相信这金身会赐给他们爱情、美梦、幸福。

此刻，我才真正领略了信仰的威力。在神的面前，每个灵魂都被净化了。

我也在“神”的面前净化过。这壮观的一切,引起我想了许多,许多……

（选自《孔雀》杂志）

刘湛秋

刘湛秋(1935—2014),安徽芜湖人。著有《无题抒情诗》《遥远的吉他》等诗集、散文诗集22种,译诗集多种。

微　笑

啊,谁不喜欢那柔美的微笑?

像蓝天上一朵浮云,像夏日里一阵徐风,像鲜花轻轻点头。

也许,孩提时母亲的微笑,直到白发苍苍也能回忆;也许,初恋时少女一次扬脸的微笑,会陪伴你终生的跋涉;也许,屈辱时一位友人的微笑,会融化你心中冰山般的郁结。

啊,那微笑,那温暖的使人荡漾春天的微笑。

我总是在寻觅你,在匆匆而去的车窗后的影子里,在黎明最初碰到熟人的第一声招呼中,在那些有花朵和没有花朵的土地上。

我愿这微笑,到处为我所呼吸。

也许在我临终时刻,我所珍盼的,就是我喜爱的人的一次微笑。有微笑的地方,我将坦然而去。

(选自《中国散文诗90年》,河南文艺出版社,2008年)

昌　耀

昌耀(1936—2000),本名王昌耀,湖南桃源人。著有诗集多种。

良　宵

放逐的诗人啊,
这良宵是属于你的吗?
这新嫁忍受的柔情蜜意的夜是属于你的吗?
不,今夜没有月光,没有花朵,也没有天鹅,
我的手指染着细雨和青草气息,
但即使是这样的雨夜也完全是属于你的吗?
是的,全部属于我。
但不要以为我的爱情已生满菌斑,
我从空气摄取养料,经由阳光提取钙质,
我的须髭如同箭毛,
而我的爱情却如夜色一样羞涩。
啊,你自夜中与我对语的朋友,
请递给我十指纤纤的你的素手。

(选自《昌耀诗文总集》)

卢祖品

卢祖品(1937—　),广西浦北人。出版诗集《颤动的火光》《跋涉者的足迹》,散文集《蓦然回首》等。

无　题

——我牵着你的手,穿过诗和散文的峡谷,走在世界上最美的路程。我把你带到江边,鲜花在你唇边灿烂地开放。松花江啊,松花江,月夜的江涛激荡在温柔的心间……

——我们来到林中空地。这是我们的世界么?像想象一样美好。草坪是我们的被褥,天空是我的篷帐,床榻上的款款情语。灵感——我们产儿的胚胎……

——我们好不容易走出那片森林。山腰缭绕着云霓、彩虹,岩壁上叠着七彩的油画。神奇的故事。缪斯众女神,令人销魂的歌声几乎淹没了你的微笑,使我无法挪步。

——你从哪里来?要到哪里去?为了你,我将走遍天涯海角,啜饮你脸上的流光溢彩。总得把你找到,把脸贴着你的脸。密密倾谈,感情奔涌。就这样诞生了诗。

——你可知道,太阳顾盼着月亮?在她熟睡的时刻他正起身。远行人有他的心事。即使在太阳城、乌苏里,无形的丝绦,也把他俩连在一起。

——思念是实实在在的。一条栋梁，横架在两颗心上。你好么，在别离的日子？请你走进我的梦里来，活泼泼地。我拈花，低语。你颔首，微笑。寂静时最易听到颤动的心音。我听到痴迷的流水声了。

——星月在梵高的呻吟中消融……用手捂心悠悠地叹息。为昨日的痛苦为明天的回忆为我也为你画无题的肖像。在今日的空白之页印下纪念。在子夜，在漫长的断带。

（选自《探索散文诗选》）

许　淇

许淇(1937—2016),祖籍上海,后居包头。著有《许淇文集》(10卷),散文诗集《词牌散文诗百阕》《辽阔》及小说集、散文集10余部。

一位西北的诗人

有一位诗人,像一粒种子,从江南的故乡被大雁衔来西北的漠原。

“发配”还是“支边”?这都无关紧要。大漠风是一律对待的,即使在岩石的额头上也能吹出皱纹。

自然是严酷的。人与之搏斗,适者生存。不论是流浪儿、劳改犯还是诗人。

一个藏族姑娘可怜他,将他留在毡幕里——那是个无月之夜,他碰到了狼。

拯救他的是姑娘的双筒猎枪冒烟的枪口和一对乌黑的燃烧的眼睛。

古老的传统的婚礼在草原上举行。诗人忧郁地望着远方的地平线。

他想到什么呢?江南的霏霏春雨么?母亲背着他去外婆家的小镇么?嗅闻着母亲头发温馥的香息吗?

和所有的藏族姑娘一样，她是黧黑的、强健的，鼓鼓囊囊像野山羊的多汁的乳房，足够哺育众多的子女。臂力和腿劲几乎可与牦牛角力。然而，在他的面前，她却猫样柔顺，无语而笑，露出两排整齐的贝壳般的牙齿。

他学会了接羔、挤奶、剪毛。他学会了牧马，将马群赶往高山下，他和那最小的马驹一样快活。

她母狼般护着他。谁也不会想到或者胆敢去整治他。于是他写诗，仅仅由于文明生活遗留下的恶习；诗里描写了特定的恢廓的空间，却丧失了时间；充满了西北草原的风雹和泥土的气息。

诗，一天比一天消减，孩子，一个接一个诞生：卷发的、黧黑的、铁蛋般硬实的，酷肖藏族阿妈的……

一齐伸出乌漆的小手，喊："阿爸，我要糌粑！我要馍！"

度过了精神和肉体双重饥饿的年代。他和孩子们都结实得像日晒雨淋的石块。飞鸟不会死亡，野兔也有狡窟。虽然世界已经将他遗忘。

忽然有一天将他请进了省城，分给一套两室的住宅。还像毡包里一样，满是膻腥味。老婆脱掉藏袍。孩子们在地板上打滚。他写诗。到处都有渴望多读到他的诗的读者。

他的诗是经过大漠风吹皱而又吹平了的，是原野上大木车轮转动的韵脚，是有过饥饿和搏斗的深沉的独白，是祖国大西北的开发者、建设者、创造者、歌咏者的呐喊。

打断他驰骋的幻想，他的藏族孩子们玩够了，一起伸出乌漆的小手："阿爸，我要馍！我要糌粑！"

（选自《人民文学》1985 年第 7 期）

吹箫人

这是一支湘妃竹制成的箫，上面洒过女人的眼泪，因而声音如此幽婉吗？

在尘封的角落，它被废弃了多年，劫后犹存，幸未被劈作柴烧。

它的主人，把它抛弃了，在牛棚里住了多年，几乎丧失了对音乐的思辨能力。

其实，箫是他最小的姑母的遗物，一个患肺病而早夭的少女，对着玉也似的月亮，倾吐着她对爱情的向往。

箫上面的流苏，便是那双玉也似的纤指亲为系结的。而今，流苏的胭脂色已褪尽了，犹如褪色的记忆。

她曾经吹箫送别她偷偷恋着的青年，据说他是去投奔新四军的。明窗开着，她倚楼吹着、吹着，仿佛天际长江的波涛全涌入她羸弱的胸怀（是时代的洪流吗？），而他，在杨柳堤岸，忽然回首凝目（啊，“楼上黄昏，马上黄昏”）。她除了用箫，还不曾和他说过一句话。

现在的箫的主人，搬入新居，重新拣起这姑母的遗物，挂在洁白的墙头。冲激着沉默的箫的是西方音乐，是他的儿子的四喇叭中喧闹的、繁杂的、扭摆的、现代的……

一天，贵客临门。客人是一位威严的老者。眼下的职务，是管理这座长江边的小城市。主人和他的儿子殷勤地招待着，几乎有点儿受宠若惊了。

老者却久久盯住墙角那支系着胭脂流苏的箫。他拿下来拂拭，这湘妃竹的九节洞箫，曾经洒过女人的眼泪。惜乎此调不吹久矣！

“我还是喜欢听民族乐器。箫的音乐，东方人的情感，如同青山一样淡泊，绿水一样长久……”

老者又说：“记得我参加革命那年，就在这一带的一座旧楼上，有一位我认识的白衣女子倚楼吹箫，好像在为我送行。从此，不知为什么，这箫声我再也不能忘记，即使在炮火连天轰鸣的战场上……”

“既然书记喜欢，那就送给您老吧！”

主人的慷慨，使客人受之有愧，却之不恭，却终于将箫带回家，挂在自己办公室的洁白的墙上。

当晚，他在院中步月，骤然一缕箫韵，袅袅婷婷，虽然不同于往昔，虽然生涩、单纯，却是欢欣的、健康的，恰似那隐隐青山，悠悠绿水。

他抬头一撇，凭窗弄箫的是他学音乐的女儿。

（选自《芳草》）

管用和

管用和(1937—),湖北孝感人。著有诗集、散文诗集《管用和诗选集》、《潮沫》、《细流与暮雨》(合集)、《自然情思》等。

信 仰

你真的就走了吗?走到那烟雾凄迷的空虚之境了吗?

当我忆起与你相处的日子,就会给我带来幸福的激动:无论是在暴风雨狂袭着我头上的屋顶的时刻,还是在洪水猛冲着我脚下的堤岸的时刻,你都给了我无穷的勇气,使我不致堕入怯懦的惶惑不安里……

你真的就走了吗?在那个风狂吹,雨狂泻,转眼间把所有的红色都浪费殆尽的阴暗的日子——一时显得遍地苍白,似乎连你也失去了血色啊!

不!失去血色的怎么会是你呢?我知道,你是不会染病和苍老的,你脸上美丽的青春的红晕是永远不灭的。而那苍白,本来就是涂抹在你脸上的谎言啊。

回来吧,回来吧,我的恋人,我的生活的唯一支柱啊!

啊!我急切的呼唤声,立即在金霞喷薄的地方发出了回响:

亲爱的,当你渴望着而不是失望着的时候,我已经回到你的心中了!

(选自《海鸥》1981年第9期)

徐成淼

徐成淼(1939—),上海人,现居贵阳。著有散文诗集《燃烧的爱梦》《太阳瀑布》及文学评论、论文多篇。

烛光摇曳的夜晚

烛光摇曳的夜晚,天空有卓绝的月色。夜风调节着虫鸣,给绿油油的夜装饰一串跳荡的影。

那些灯都陨落了,只留下几朵幽蓝的烛光,影绰绰,像春水重又漫过堤岸。借着星光和月晕,再次偷渡界河。妄图在无论哪一级石阶上,俘获哪怕只有一次的侥幸。

烛光点染你的调笑和严正,伪装的天真和深沉开始融化,洒脱的欢颜,遮不住噤默的眼和无言的恨。蜡泪流淌,流过星月,流过夜云,汇入旷古至今永无了结的愁怨。

于是有言不由衷的恋歌自防线那边袭来,诱惑你我延续声东击西的演习。

别摘下那枚红草莓,它一碰就会坠落。严守着每一条戒规,只让欲念默默地燃成烛焰,永远照彻那段风姿绰约的距离。像那只举世无双的夜蛾,绕着烛火固执地环飞,永不接触,也永不离去……

那滴不消忍受的蜡泪终于跌落,高热击穿夜幕,月光和星光合谋叛逃。我被巨痛惊醒,看身边绯红的梦一一消隐。一截仅余的残烛，在泥泞中忘命地挣扎。

当最后一星微光终于熄灭，我将撕毁那页至高无上的咒语。以蛮横的劫持，超度你我，超度永世分离的幽灵。那时余烬已经冷却，垂危的夜蛾完成了最后的抽搐……

今夜我将离去

今夜我将离去，将从苍白的诗册上抹去那些进退维谷的蓝图；我将再一次扎紧绷带，绞杀一声声峭厉的呻吟。让泪液蒸发，沿山口飘逸，远离你灰蓝的小屋和小屋里那洞若观火的灯。还有那些影影绰绰的乐曲，和毕竟已经有过的荒诞情节……当乌云四合，黄昏开始动作，我将在这意外的时刻告别。

趁这次还能走动，我得走过塔影独自拼贴我那些颠扑不破的残梦；一面听风铃迢遥，一面回味那些唐突的游戏。自嘲的微笑被一滴缺盐的泪濡湿，乌云撤退了，满天星斗凌乱无序。

说一声谢谢——你深不可测的言辞连缀为一列后视镜，足够我窥探漫长的过往和秋后一个个无坚不摧的瞬间。冰凉的手和微寒的颊，已在百合巨大的叶片上印下了无法抹去的深吻！

我不能呐喊，那个古老的方块字至今仍与我一同软禁。我只能仰望风铃轻摇，从塔顶送来的谜样的叮咚……

夜空遽然倾倒，一道黑色瀑布自九天飞流直下，在欢乐的斜面上我坦然迎向势如破竹的幻灭……

沙扬娜拉！

（选自《探索散文诗选》）

王中才

王中才(1940—),祖籍山东宁津,生于辽宁大连。出版散文诗集《晓星集》,散文集《何处觅天涯》及小说集多部。

头　巾

沙漠,一条冰冻的小河,寂寞地躺在哨所的门旁。

黎明来了,小河上响起细碎的脚步声,一条翠绿的头巾,在乳白色的晨曦里飘动。

那是连长年轻的妻子在凿冰汲水,破冰的咯咯声,像连长妻子的笑,唤醒孤寂的小河。

翠绿的头巾飘进了哨所的小门,荒漠里升起一缕袅袅的晨烟……

黄昏降临了,小河上又响起轻快的撩水声,那翠绿的头巾,又在橘红的夕照里飘动。

那是连长年轻的妻子为战士洗军衣,她脸上的红晕,温暖了孤冷的小河。

待翠绿的头巾飘进了哨所的小门,荒漠里亮起了一孔奶黄的灯光……

夜深了,战士在冻裂的河岸巡逻,眼里又飘进这翠绿的头巾,心里想起小妹欢跳的绿色头绳，嫂嫂在灯下给未降生的婴儿做绿色的兜兜，也想起在翠绿的竹丛中，和未婚妻羞怯的吻别……

沙漠的冬夜，战士在冻裂的小河上巡逻，为了她们，为了爱……

二月的红柳

沙漠二月的红柳，还没钻出新芽，更没绽开新花，一丛丛稠密的枝条，却依然那么红润，像一蓬蓬红菊，使漫漫的沙漠充满生机。

一位中年的女军人，拨开红柳枝，一直走进红柳深处。那里一座不高的坟墓，静静地躺着，红柳的柔枝，轻抚着小小的墓碑。

女军人伏身在碑前，两眼痴情地望着那日夜思念的名字：

地下的人哪，你看见了吗？是我在你的身边啊……

十二年前，我们一同离开了那所变得嘈杂的大学，来到这寂静的沙漠里的导弹试验地。

记得，那个红柳烂漫的暮春，一枚新式的导弹，带着你和我的汗水飞上蓝天。那时呀，在密密的红柳花丛中，你第一次大胆地吻了我羞红的脸颊……

记得，在我们新婚的夜晚，爱开玩笑的老首长为我们祝福，他说：你们可以无节制地生育，给我们军队生出又多又好的导弹……

谁知，嘈杂的声浪席卷了整个中国，空旷的沙漠也不得宁静。就在那个蜜月，你突然永远离开了我，倒在一次不应有的实验事故中。你在弥留期再三叮嘱，把你埋在那初恋的红柳丛中，你要看看那尚未绽芽开花的二月红柳，怎样开出娇艳的花朵……

二月的红柳啊，你虽说还没爆开新芽，还没绽开新花，但你那光洁的枝条，是那么红润。谁都知道，那新芽和新花，是从你红润的枝条上钻出来的呀！

（选自《光斑集》，湖南人民出版社，1983 年）

华万里

华万里（1942— ），重庆人。出版诗集《轻轻惊叫》《花雀》《石榴马》《别碰我的狂澜》等。

手持荔枝的妹妹

手持荔枝的妹妹，不要在梦境中躲藏，我已认出，
隐忧是一种灰鸽子的灰。手持荔枝的妹妹，
你是否在思考生活的锦绣，灵魂的补丁？幸福这条狗，
尽历了苦难，它趴在斜阳下时，多像一句，
金色的谚语。手持荔枝的妹妹，我不会在藕的嫩肉里，
找到妻子，更不会找到爱过的白夜。手持荔枝的妹妹，
我喊一声高山，一切又变得很矮，
我在婚姻中数了一会儿鱼儿，记忆便波光粼粼，
手持荔枝的妹妹，我不喜欢“周末的骨头”，
和周末的鸡翅，我只向往词语的盛宴，那当中，
有许多珍贵的爱情的香气。手持荔枝的妹妹，
你在白色的石头，可看清了我必须镌刻的紫薇，
天空颤动，水红的鸟声正从我们之间划过，
手持荔枝的妹妹，你不要晃动，你的每一颗荔枝，
都是我的咏叹，我的比喻，最好的诗句，

因此而涌现。手持荔枝的妹妹，你是我的象征之妃，
笑一笑吧，我看见了你牙齿上的晨光了。

别碰我

别碰我的名字，别碰我下午和夜晚的爱情。
别碰我的左手，百灵鸟在指间留有墓志铭。别碰，
我的暗伤，和暗伤中的敌人。它和他惊动后，
会猛烈地啸叫，有时像狼，有时像人。别碰我的父亲，
和母亲，他们生的朴素，死的简单。别碰我，
内心的海，我常常在深夜面对它沉默，同时，用小刀，
在骨头上刮下红霞和涛声。别碰我的1979，
一碰，它就会掉泪，虽然泪水中还有翠绿的鸟鸣。
别碰我的乐谱，上面的音符带有闪电的细末，
像哀歌后明亮的挑战。别碰我的狂澜，它想平静地，
散去。别碰我的敏感处，那儿虽然缺少主义，
但玻璃珠子会响，野百合的花瓣瞬间便香了一地。
别碰我的诗句，它刚刚在推敲，
刚刚在为草莓准备好的颜色。别碰我的沉思，其中多刺。
别碰我的身世和经历，爱我的太阳总在后退。别碰，
我的心脏，乌云不在那里，七十三把生命之火，
将我炼成了宠辱不惊的苍鹰。别碰我呵别碰我，因为，
我侧身的时候，右手提着的冰块，正在耀眼地融化。

（选自《别碰我的狂澜》）

森　森

森森(1944—　)，辽宁人。著有散文诗集《难忘的河》《情感的雨滴》等。

美神浪漫曲

——世界名画欣赏

波提切利:《维纳斯的诞生》

纯洁、妩媚、典雅。

柏拉图式的天生丽质的美从海的情怀中诞生。

贝壳宛如一朵盛开的鲜花，托着亭亭玉立的维纳斯，在波光粼粼、浪花亲昵簇拥中，给世间以爱与美的光华和渴求。

迷人的眼睛，晨星似的闪烁着清澈明亮的流辉。金丝般的长发飘旋衬映着白皙细嫩的皮肤、柔和纤长的体态、抒情诗的神韵……

魅力迷人的青春!

海风轻轻地吹送她飘向岸边，玫瑰花围绕着窈窕的身姿飞舞。春光女神张开镶嵌明星、彩绘花朵的锦衣，为裸体的美神披上霓裳……

他眼中的憧憬饱含着淡淡的忧虑。

——是预感到未来的磨难么?

苦 恋

——鲁本斯:《维纳斯哀悼阿多届斯》

像梦幻中燃着的晨曦,阿多尼斯的美骚动着夜雨浇淋的欲望中的维纳斯的心。爱情,宛如灼热的岩浆在生命中腾动……

燎人的美似闪烁辉煌的金。无法融于燃烧的情感啊!他善良的抚慰也如火的冰。

美少年在狩猎的搏斗中悲惨地死去了。

凄苦悲恸的爱似夜心燃烧着的,雨的火。拥抱、热吻、感天动地的倾诉……

缠绵的、苦惨惨的爱之泪啊!

悲戚的爱之死,在痛苦的裂变中笼罩着一片生气勃勃的荫翳。神奇的魔力使颤动的情感融情地涌现奇观:

阿多尼斯化作盛开的、鲜红滴艳的牡丹花,呈现出被感动的爱的灵性。

美丽的红牡丹,痴醉动人的爱之象征!

(选自《青年散文家》1988 年第 7 期)

韩作荣

韩作荣(1947—2013),笔名何安,黑龙江海伦人。著有诗集《北方抒情诗》《韩作荣自选诗》等,诗论集《感觉智慧与诗》,随笔集《另一种散文》等。

羞涩的眼睛

我不敢,不敢看你的眼睛。

我的目光是柔软的,于慌乱中被你的瞳仁撞弯,便轻轻地闭合那含羞草般的睫毛。

可我的心不是没有微澜的古井,你含笑的一瞥是一枚石子,荡起了不息的波纹。

可我不敢,不敢让目光碰撞,怕心,被你犀利的目光割碎;怕那火辣辣的目光烫红了脸颊;怕带电的目光将我烧毁……

轻轻地闭合了我的眼睛,可周身的毛孔却张开了千万只眼睛;我感受到带着小刺儿的目光刺得我周身痛痒;我感受那带穿透力的目光,凸透镜一般照得我心田起火……

可我不敢,不敢看你的眼睛。

不要，不要储存泪水

给泪腺以自由吧，让泪水流出睫毛那密密的林丛，在脸颊任意流淌。

储存太多的泪，会泡软了筋骨，也会使灵魂锈蚀。我相信，你的泪是从心里流出来的，有着灼人的热力。

泪是一种债务，要求偿还。可没有爱的婚姻是无期徒刑，挣断它吧，旧道德的锁链已经锈蚀了。

也许恨也是爱，是刻骨镂心的爱，可爱能在铁石一样的心田植根吗？

让泪水冲去蒙目的灰尘，也冲去心上的灰尘；让泪水泄去痛苦、烦忧和心灵的重负，冲洗出一个新的自我。

离异是痛苦的，却是幸福诞生的阵痛。难道还让老祖母的裹脚布，缠紧你麻木的神经吗？

我愿意看见你流泪，却应是阵痛之后的甜蜜的泪水。

是的，给泪腺以自由吧，不要，不要储存泪水……

（选自《人民文学》）

谢明洲

谢明洲(1947—),河北任县人,现居济南。著有诗集、散文诗集、散文集多种。

绝版美丽

这一夜的风摇落了银杏树千年的春秋。而
摇不落我的相思。而
我的相思蔓延如缭缭绕绕的雾,而
缭缭绕绕的雾在枕间不逝不散。

就在列车将要驶出车站的那一刻,我拨通了曾经闪烁在梦之边缘的号码。

期盼的声音被阻隔在时间之外。

渴望一场骤降的雨,沐涤我所有的旧事,洗去那些桎梏我大半生的狭隘、空洞颂词、鼠目寸光,以及得得失失、荣荣辱辱。

尔后,

只在那一座澄澈无岸、既无许诺也无承诺的庭院作生命的散步。

这一夜的风摇落了悬浮千年的月辉。而

摇不落我的相思。

秉烛坐读——

坐读那些或疏或密的昔日的美丽，秉烛坐读

那些绝版的美丽。

那些绝版的美丽如水，如水。它曾经匆忙抑或迟缓地流过我的悲欢。

尔后，

春深了。绿浓了。人也老了。

一场雨和一场雪之间，整整相隔了十个年头。

曙光浮浮升升。

夕晖明明灭灭。

岁月荣荣枯枯。

多少次掀开季节的幕帘，却未能寻见你无语的花影；多少次叩响思念的檐铃，却未能听到你透明的笑声。

时常忆及憧憬以外的一些憧憬，它们匆忙而又往往饱含着忧郁。

一半虚幻一半真实，我在想象中

细数未曾目睹的美丽，不露声色也未加粉饰的美丽。

这是比绝版美丽更为美丽的美丽。

身前与身后总有芸芸泱泱的初荷，耀闪如李易安或激昂或缠绵的词。

绿肥红瘦也罢，不过江东也罢，诗人那一泓战栗的情愫已深深地播撒进亿万人们的心田之中了。

浩浩渺渺的芦苇在水上舞如大地的乱发。

浅浅深深的乡愁在夕下沉如黄昏的车辇。

一夜的风摇落了银杏树千年的春秋，又摇落了悬浮千年的月辉，

却

摇不落我的相思，摇不落

已在我心中生根的那一株紫蔷薇的美丽。

秉烛坐读。

坐读那些远远近近的，给我欢悦也给我忧伤的，已经忘却或者仍旧铭记着的，那些诗章，

坐读我自己的那些诗章。

坐读我自己。

尔后，

以一种从未有过的挚诚淋漓问爱情天使：该是签发那一张通往你高贵庭院的准许证的时刻了吧？

晶冽复晶冽。

澈盈复澈盈。

凝神聆听时觉得那紫蔷薇有五月阳光下绵绵麦芒的品德，且无遮无拦，且无垠无岸。

里尔克是幸运的，因为他曾经在一朵玫瑰里欢悦与忧伤，曾经在玫瑰里战栗和坦荡了一生。

我也是幸运的，因为我将在一朵紫蔷薇里欢悦与忧伤，将在紫蔷薇里战栗和坦荡一生。

晶洌。澈盈。紫蔷薇以绵绵麦芒的品德，为我
洗去累累征尘和彷徨，为我，
照亮前行的路。

还有多少心绪述说不及？
拂去迷乱与惶惑，坚定着果断着告别那些平庸和被虚伪粉饰的日子。
任千年的风，
吹落银杏树千年的春秋，吹落高悬千年的月辉。
春深了。绿浓了。天晶了。
心却未老。
尔后，
秉烛坐读，坐读
那一株紫蔷薇日渐日近的美丽，坐读
旷世的，明晰的，苍翠的，绵远的，默然的，不悔的，无可替代的——
比绝版美丽更为美丽的美丽，
紫蔷薇的美丽。

（选自《绝版美丽》）

倪俊宇

倪俊宇(1948—),海南东方人,现居海口。著有诗集、散文诗集多部。

岸柳依依

秋雨,渗进缄口的磊岩,和一种韧性的岁月,斑驳出悠远的表情。

那几缕易动感情的柳丝,斜倚在季节里,曾拂动过多少心绪的涟漪?

路边的野花,如期绽开不违诺言的浅靥。
而跫音不响,红纱巾不曾摇动笑语。
未见到一束红妍涉过秋河,徒让岸树扭弯了许多情节。

雀翅在暮岚里颤动不安,棹歌游弋在波光上,渐行渐远。
而晚风,仍在沙渚苇叶的唇边,默诵谁的名字。

光阴洇化的身影,晃痛我守望的视线。
你在哪一处烟水尽头? 你在哪一曲箫声背后?
哦,凝眸处,毕竟逝水悠悠东去……

(选自《中国年度作品·散文诗》)

叠成彩蝶的信

是在檐雨絮语绵绵的时节……

一蝶彩翼，抖落烟尘，返回最初的眩目。

是那只从弦上翩然飞起，在人心上恒久栖落的化蝶么？

烛火，燃亮了谁的西窗？夜雨，涨满了谁的秋池？

薄薄信笺，薄薄的蝶翼，将重重的情愫，驮进走也走不出的梦境……

曾记否？爬满岁月青苔的堤砖，被滴落的别绪磨凹；

那株岸柳下，一个愁字在你眼中，洇成湿冷的黄昏……

此刻，雨声念叨一个名字，许多细节，便渐次洗亮。

往事难追。遥望千里之外的那条江，蒹葭苍苍，孤帆远去。

可否把孤灯，幻作桥头桃红的倩影？

今夜，第几朵烛花，是你的蓦然回眸？

唯隔着茫茫秋水，让翩翩彩翅，扇醒彼此心中的姹紫嫣红……

（选自《诗歌月刊·下半月刊》2016 年 1－2 期合刊）

黄昏听雨

天空飘着涟涟的愁，洇透一个深深的秋。

一声声叮咛，摇曳在亭外的柳条或桥畔的落叶。

湿漉漉的雾岚，凝重原野。红伞一把，在淅淅沥沥的韵律里，款款远去……

一个蒙蒙的背影，濡湿在岁月的忆念里。

雨丝不断，雨声不歇……

哦，将我的情弦，扑打出疼痛的颤音。

在雨天，想起一个名字，是否所有的细节，已长满青苔？

今年的秋雨，竟提前在询问归期的信笺间飞洒，使我的心怀总燃起西窗下烛火的温暖。

在初秋，一场雨，会唤醒彼此心中的春天吧。

你的名字，亮着我一生的烛光。

（选自《2009 中国年度散文诗》，漓江出版社，2010 年）

叶　梦

叶梦(1950—　),女,本名熊梦云,湖南益阳人。出版散文集《遍地巫风》《叶梦新潮散文选》等。

今夜,我是你的新娘

昨天你对我说:“我们结婚吧!”十二年来,你第一次说出这句话。

不容我回答,你接着说:“明天吧! 我一天也不能等下去了。”

明天我们结婚——

已经决定了,没有太多的时间容我考虑,容我犹豫。

这个不可逆转的事实,只需二十多个小时,就要变成现实。

一切都是很简单的。不需要酒宴和仪式,不需要通知任何亲友,只需禀告父母,只需要把床铺换上全新的被褥。

我以为结婚是个人生命史上十分隆重的事件,我完全没有必要把很多相干与不相干的人请来,像召开“新闻发布会”一样在烟酒糖果之间宣布我们的结合,在漫天酒气中让人来祝贺来摆布来评头品足。

我没有虚荣心,我不需要显摆,不需要张扬,我不需要任何人认可,也不需要贿赂传统的舆论。

结婚是我们个人的事，我们完全有权力选择与常规不同的形式。我不需要任何人参加我的婚礼，安谧和神秘的氛围正是我为这种神圣的生命仪式所做的设计。

三十五年的生命将要进入另一种样式，三十五的后面需要打一个句号，需要刻一块里程碑。

属于我处女的最后一个白天是我一个人静静地待在房里，我悄悄地布置着我的新房，我用我的双手不停地做这做那，以分散我纷乱的思绪。

喜悦悄悄地在身体里渗透，与之俱来的更多的是恐惧和忧虑，也有一种不可挽回的悲哀。

我好像是一块苍白的画布，将要被涂上各种颜色的图案，我不愿痛惜的感觉，好像面临一种破坏性的灾难。

这一个白天真是漫长，让我有足够的时间回顾三十五年的过去。少女的芬芳浪漫的憧憬，已经离我模糊而遥远，青年时期追求的苦涩却历历在目，不管是芬芳还是苦涩，都要在这里打一个句号，我从不后悔。

不管我的选择是否正确，已不容我再作犹豫，我将面对新的生活义无反顾地走过去。

不容推却的那个夜终于姗姗来迟。

新房里有一种难耐的宁静。屋外突然锣鼓喧天，鼓乐齐鸣，爆竹和焰火把黑夜涂抹得五彩斑斓。

这是为我们奏起的鼓乐么？

夜终于静下去，鼓乐沉没了，一切声响都已停歇。电灯已经关掉，新房里燃着两支红烛。

我坐在红烛之下，你坐在客厅的沙发上。我突然希望我们之间隔河隔渡似的永远对峙下去。

这时,你向我走过来。

你的脚步很重很重,一步一步踏在我紧绷的心弦上。

你离我越来越近了。

突然,我感到我的肢体变得冰一样凉,一种被破坏的恐怖突然袭击了我,我的心里突然喊出这样一句:这下完了。

我已经无法回避,我将要变成一个真正的女人了。

你已经走到我的身边来了,我突然觉得你像陌生人一样不敢看你。

红烛吐出的烛香和烟气在封闭的新房里弥漫。

"今夜,我是你的新娘啊!"

很久很久,我的心里哀哀地吐出这样一句来。

梦中的白马

我的梦中总是反复出现这样的画面:

浸透月光的灰蓝色的夜空里,静止地站着一匹白马,那白马的旁边,站着一个裸体女人。

这女人常常是我。

我总是感到十分羞怯,梦中体验到一种平时想象不出的赤条条的困窘。这种羞怯常常刻骨铭心,在梦里也刻进了我的脑子。

我想逃脱梦的困窘。然而又常常去回味那梦:若是一匹雌马我不会这样困窘,私下里却又想起那马该是一匹雄马,一匹一啸千里的雄马。

除了那匹马，那个梦的画面使人觉得那是一个洪荒世界。除了那宇宙海一样的溶溶月色，除了那匹马，一无所有。

我十分遗憾，我突然希望那灰蓝的夜空里有翠衣的野鸟，地上该有成对的虫蚁，我心里十分希望这些美丽的小动物能看到我裸露的身体。我怎么会生出这样的念头来呢？我也不知道，这实在太叫人羞愧。

那梦中的月色总是奶一样泼下来，月色里浸透着茉莉的芳香。

我的手摸着滑如缎子般的马背，那精致的马突然活了，轻轻地掉过头来，它用温湿的舌舔着我的手心。

我痴痴地望着那匹马。那马的眼里盈满了晶莹的泪水，月光下反射一片凄艳。那温柔如水的眸子，那绵密的睫毛，怎么那样熟悉！那不是我夫君那双大而疲倦的双眼么？

我一点都不纳闷，于是非常放心地俯伏在那缎子一样光滑的马背上。

我突然疲倦得像山一样倒下来。

那马负着我，撒蹄狂奔，驶入一片无垠的永恒的月色里去。

（选自《女人的梦》）

周祖山

周祖山(1953—),山东即墨人。出版专著《心灵之约》《薤露歌》《周祖山戏剧作品选》等。

夜半没有敲门声

一切都随夜睡去了。一切。

身旁的婴儿,正在梦中放飞稚嫩的笑靥。

你,醒着。

风,弹着窗棂,奏一曲苦涩的单相思。雨来了,敲着沉重的定音鼓,震速心跳频率。夜蝉的长吟牵引思绪在夜雨中寻觅。他呢?让人怀念的初恋的梦呢?

你不再怪他。不再留恋那让人哭又让人笑的潮乎乎的雨季。花瓣凋谢了,一切都该早早地成熟。连你趴在黑暗的肩头酝酿的悲剧。

没有敲门声。

唯有期盼。唯有回忆之蜜蜡染心之一隅,苍白、珍贵。

七夕雨

七夕雨,滴落,滴落,网住了一个好天气。

不像杜牧的清明雨，雨中全不见牧童和行人。

思念太多，情笃太深，牛郎织女才如此啼哭，哭溢了一条天河。

思念太多，情笃太深，你我才如此悲伤，哭黑了一个七夕。

滴落，滴落，七夕雨。雨中总有电闪雷鸣，雨后定是山如洗，水如染，呢喃着轻轻的絮语。

天上有七彩的虹。

（选自《心灵之约》，中国文联出版社，2002 年）

王慧骐

王慧骐(1954—)，祖籍江西上饶，现居南京。出版《月光下的金草帽》等4部散文诗集和《王慧骐与散文诗》(三卷本)。

大 姐

她原以为他还会回来的。

他讲好了，等他大学毕业了就来山里接她。

那时候，他是那么动情地奉献给了她一个大山以外的世界。

他让她认识了许多许多以前她不认识的东西。

她甚至觉得他就是一部大书，一部能让她兴奋使她迷醉的极有诱惑力的大书。

她把什么都给了他。

她默默地期待着，期待着自己的命运会爆出奇迹的烛花。

她隐隐约约地感到，他已经在她的身子里留下了点什么。

于是她偷偷摸摸地绣了件很美的小人衫。

日子过得很慢很慢。

只觉得落了叶的树枝开始返青了。

她不愿设想那种不吉利的画面，不愿！

她总觉得这世界每天都会有太阳升起，太阳下的人总是很暖。很亮的人……

祖 父

原本很俊的一幅肖像，色彩在慢慢地剥落。

红蜻蜓不再会停歇于他的帽沿。

呼吸像那扇涂了黑漆的大门拉开时一般凝重。

总是含着烟斗。

总是在飘出的青烟里寻找着什么。

偶或在火星的闪烁里，能发现他唇边溢出的一丝很淡很淡的笑。

有时也会下山走走。

总是到溪边去，到水声很响的溪边去。

有悦耳的山歌从山那边撂过来。他听得很痴迷。

他知道那不会是她的声音了。她的山歌早和那溪水一道流走了，流得很远很远了。

他无法丢掉那个黄昏。

那个黄昏的水溪是一潭血红的酒。

他爱了几十年的女人失落在那个黄昏的那坛酒里……

（选自《散文》）

我们曾玩过那种游戏

那场很多年前在海边玩过的游戏，大约已预兆了我们今天的结局。

——我们的小房子搭在那金黄的软软的沙滩上。

那拣来的小贝壳是做枕头的。我们把它俩紧紧地靠着，塞进那很有诗意的小房里去。

那天晚上我们各回到家里，都没睡着。

第二天一早，我们又跑到海边去了，看我们的小房子还在不在。

海，残酷地把我们的梦全部卷走了。

我们哭了，抱得紧紧地哭了！我们发誓说，长大了，我们就是不分开，永远不分开！

……哦，我们终究都未能离开这座海边的城市。

我们还常常相遇，在栽满了棕榈树的海堤上相遇。相互见到的时候我们都有点脸红，大约我们都还没有忘记那场小时候做过的游戏。

于是，我们让各自的孩子在一道玩，也玩那种沙滩上搭房子的游戏……

（选自《中国当代爱情散文诗精选》）

萧红涛

萧红涛(1954—2015),四川南充人。著有散文诗集《雨季的南方》等多部。

倚门而立的你

阳台的门敞开着。

你倚门而立。美丽了我的居室。

你和我对着话,又迅速地环视着我的斗室。

太遗憾了。四壁空空,连写字台上的绿玻璃也在叹息。

你是第一个光临我的居室的异性。

一幅常读常新的画,一曲听不够的轻音乐。一棵丰满的年轻的树。

我的印象是这样的奇特这样的新鲜。

我的情绪掉进了你那透明的湖里,淘洗着焦灼和忧郁。

你线形的目光缠牢了我的心。

瞬间,定格了永恒的记忆。

每晚每晚,我爱独坐在我的写字台前,读那画、那歌、那树……

我的心里有一道赶不走的影子。

(选自《大理文化》1989 年第 11 月号)

刘烨园

刘烨园(1954—),山东滕州人。著有散文随笔集《忆简》《精神收藏》《旧课本》等。

致 楠

我走进你的坟,轻轻地,脚上沾满北国的泥巴,身上是命运猛抽的鞭痕。

十八朵野花。我亲手采的,带着泥根。黄灿灿的花瓣上,升起了十八年思念的药香。

我没有忘记。不能忘记。在心里产生的,都是刻下来的。

风雨之夜,我在异乡听到你孤单的哭泣。荒草野藤,压倒了泥迹斑斑的石碑。青山寂寂,蝉嘶鸟啼,雨后的骄阳烧烫了水洼。热风吹过,樟树叶上的水滴,漫进我裂开的心里。

你活着。清凉的夏夜,静谧的校园。琵琶林里有幻想的星星。我们躺在潮湿的草地上,看鹅山托起明月,照亮袖章金黄的字迹。

你说,那时,普林斯顿的冬夜很静。雪覆盖着积木似的房子。有一片树林你只去过一次,是在就要回国的日子。

风呼啸而过。像我们一起骑车去郊外。头发扬起来了,我们赠送了初恋的眼睛。

年轻的夜不会再有了。藏着小河般柔亮的心愿，你倒在黑色的血泊里。枇杷林荒芜了。

十八年不眠的夜。一代人的风雨。收下这束野花吧，在岁月覆盖血迹的时候。

历史，不会是遗忘的荒坟。因为，我活着。

有一年冬天

也许，我们不该相识。茫茫人海，短短一生，多少人错过多少真诚。

一章没有名字的记忆。细雨打湿了多年以前的百合。哭不出的含义。我们的十八九岁只有我们懂得。堑壕。茅屋。青春，很涩。我写下它，就交付出去了。然后上路，追赶不回头的朋友们。苦征余下的半生。

人流。匆匆的二十岁，三十岁。霓虹灯敲打驿铃，更鼓一样的陌生。

我永远无法明白。你怎么能读懂一个失去的秘密？那一刻你在哪里？围着炉火的雪夜，遥望秋野的黎明？你一定很美——他们的记忆没有声望。你用灵魂把两段天壤的历史融化在沉思里。用一尊缄默，一脉属于你也属于我的永恒。

但我要去了。忙碌会难得一顾更年轻的存在。我们。没有时间。昨夜，为了道路的迷茫，跌倒，诅咒，和自己争辩，头发白了。每一步都累，很难。

但我盼望你长大。在复杂的季节不枯死萌芽的今天。宿营的时候，我会想象那座小城，那扇树影稀疏的窗和朦胧的目光。灯下，会唱歌的手缓缓颤动丰富的思绪。使我想向你讲述往事，讲述红土历历的故乡……

又是一年了。也许。我们永难相识。但会记着。

（选自《散文世界》1987 年第 1 期）

伍荣祥

伍荣祥(1955—),四川长宁人。出版诗集《院中看云》、散文诗集《檐下疏影》,诗与散文诗合集《伍荣祥诗选》。

当彩云被遮掩时

1

其实,我愿意拱手与你作别。这是真的,而许多日子我们都在雾中穿行,虽然前方的路途时时有一缕阳光在引领。

拱手作别昨天,把双脚从迷雾中走出,谁也不能让记忆与虚幻继续推着我们。是的,也许未来有一个崭新的世界,但我此刻却伫立在自己的院内瞻望,并将双掌抚摸先前躁动的内心,任头顶的槐树枝丫在风中不停摇晃。噢!我不知道现在我已经看清了什么?

昔日的时光仿佛迷茫一片,我们犹如两只搁浅于河滩的船,既不能相逢又不能起航,一个在此岸一个在彼岸。还是让我们拱手作别,谁也别在昨日的记忆里匍匐。

槐叶从头顶不断飘落,我只想侧身在自己后院的檐下盘坐。

2

或许，都属于偶然。时下，许多陌生的事物愈来愈令人诧异。当自己以为朝前跨出了一步的时候，其实是反而后退了几步，而且有几分踉跄。这不是偶然，许多日子我们都在若潮水般的人群中穿行，现在我已将自己居住的城市比作海洋似的地方。在这片海洋的域内，我无作与无奈之时，总要扬手呼喊，或者打着旗语，或者若一只盘旋的海鸟在俯瞰中惊诧和沉默。

没有回应，我是一个被动者，我常常被蚂蚁般的城市之车弄得不知所云。是的，有时我连一只小鱼也不如，我没有一隅属于自己的呼吸水域。这不是我自己的海洋，如今这片海洋之域仿佛在慢慢把我淹没。我开始没有自己。

转身离开城市这片喧嚣，我随车从南到北又从东到西，我却沿途以一副木呆的神情望着自己和他人。

3

你是谁？请别站在我的面前。

你不能像一棵树静悄悄地遮挡着我的视线和朝前的道路。多么奇怪，在我转身的刹那你就横置过来，连一句招呼与移步的脚音都没有。

我们没有邂逅的预感，也没有相约的手语和消息。真的，你不能像一棵树遮挡我的视线，我还要朝前赶路，哪怕一步也行。夕阳已经沉落，我再也不能像先前那样迷茫与慌乱。

是呵，这是一种偶然！

谁也没有想到我们会在这个陌生的城市相遇，亦没有扬手，亦没风儿传递的消息。时间已静，你看天空就要下雨，我要在夜雨之前朝前赶路，哪怕一步也行。我要逃离夜色，我要走出被动和诱惑。

我不能再承受忧郁与黑暗。

你是谁？你不能像一棵树遮挡着我！

（选自《2010年中国散文诗精选》）

韩嘉川

韩嘉川(1955—),笔名肖汉,山东青岛人。著有散文诗集《海角,亮起了渔灯》《水手酒吧》《蓝色回响》等;散文集《阳光海岸》《饥饿的海》《鸟窝里的蛇》等。

红蜡烛

夜的深处,我举着红蜡烛。

胸,涨满着。我觉得里面滋生了许多话,于是,端着烛,要去开门。

外面,雾白得如我赤裸的肌肤。

(他们出远门了,爸爸妈妈们;使我有了一个盛下自己小秘密的夜。)

小径扭曲着,探向林子的幽秘处,那里漫生着殷红的草梅子——女孩子渐熟的点点的小东西。碎叶,却感情潮湿地流着泪。

泥土含了根须窃窃私语着。——我,

手上的烛光飘飘摇摇,无家可归。

弓形的门廊悄孕着半轮柔情,古老挂钟那雕花的声韵,每一下都是浑圆的;

而青春期的床帷却郁郁寡欢。梦,无家可归。

周身膨胀着的我，端起红蜡烛，要去开门。

据守在外面的黑暗，深不见底吗？

我，无家可归。

他们回来了，脸上漾着一汪阳光。

披着昨夜的羞怯，我扭扭身子，依然是他们爱撒娇的女儿。

而夜的深处，我举着红蜡烛。

（选自《海角，亮起了渔灯》，青海人民出版社，1989 年）

今夜，驳船起航

夜，潜入她湿润的柔发里，是她的了。

而他，同那些桅杆站在一起。风暴已经远去，在下一道滚沸的白浪还没有到来的空间，海魂衫上，只散发着些许腥咸的气息。

沉寂，一切都埋得深深，连她的吻。

拖轮，已绕过那边的岬角。

今夜，驳船起航。

口哨，波动着《蓝色多瑙河》的轻狂，从他嘴角几丝故意拧起的皱纹处滴落，溅起道道灯影。

她，抱紧自己单薄的双肩，战栗；倚着偌大的库房，同钨丝灯，这一朵朵雨夜的泪光一起，战栗。

拖轮，响着孤单的调子驶来。一点殷红的烟头在甲板上，时明时暗。

风远去。涛声也滚过了。同什么也没有发生一样，驳船就要起航。

裙角再也没有翻动一下。潮湿。沉重。滋足了他全部的风暴、汗腻和燥热的呼吸。

她倚着库房，倚着夜，倚着自己。

驳船，就在今夜起航。

（选自《黄河诗报》）

远离爱情

夕晖，红墙一样渐渐退远，退成了一腔宫怨。

街灯亮了。季节重新落到了你的手上；

握着一缕风，握着一种语言方式。唇，拧成了一颗水滴，藏在皱纹的林子里。

小心翼翼地走近你，不想踩响落英惊起往事的翅羽。

街灯亮了，你从没有季节的古巷里走出来。

海水在堤岸下面涌动着无痛的感觉；船底锈斑厚重。

雨后的小木房和蘑菇的传说早已拆掉了，只有擦过齿尖的气流光滑如初。

小心翼翼地走进你，有票和座号，却没有找到空着的位子。

故事，存留于指尖，展开又拢起，罩着一盏冷咖啡。

音乐来自远方，来自非洲草原雨季到来之前的迁徙。

危险游动于心间，游动为窥伺的鳄鱼。

小心翼翼地距离于你，在夏季再次来到你手上的时候。

（选自《水手酒吧》，四川民族出版社，1994 年）

王剑冰

王剑冰（1956— ），河北唐山人。著有诗集、散文诗集、散文集、长篇小说等10余部。

秋之恋

任何艺术大师，也难以绘出红叶的禅理玄机，这种赋予生命的阴性符号，正纷繁丰赡地展现着秋的表情。一种暗香，似在滤过的光线中盈盈浮动。叶在树上，树在山上，假如山可以擎高天空，红叶就是离天最近的神物。

仰望红叶，会有水一般柔软的东西在心中漫漶。感动幻化音符，起伏成漫山变野的畅想曲。

红叶的生长与成熟，同样是一个艰辛的过程，一如人生。风的洗礼，雨的荡涤；幼小时的挣扎，逆境中的奋挺；寒冷时自己为自己取暖，成功处自己为自己鼓掌。红叶，秋的代言人，代言着深涵、阔达、乐观，代言着饱满、成熟、凝重。

一棵树就像一个村庄，众多叫叶子的伙伴共同支撑着树的意义，即使叶子快落光了，总有最后的叶子守在树上，直到新的叶子长出来。叶子红的时候也是这样，一枚叶子红了，其他的叶子也便红了，红伞一样，把一棵树打开。

生命的缺憾构筑了美，不敢想象叶不落，人不死，太阳永升。

当风一遍遍吹红树叶，人就老了，人老不过树，人死去好久了，本子里的树叶还红着。

红叶必定携带了爱的基因，旗语一般舞动沉醉千年的诗章。女孩子来，会采摘这层林尽染的心事，将想望变成永恒。

泥土正一点点将树吸纳到身体里面去，红叶溪流洗着山的伤口，我感到了疼痛。夕阳黄昏，秋是在盛妆出场，以一种热烈燃烧深情。

打开一个夹着红叶的本子，里面许会有这样的话语：我把青春给了你，我把我的爱情给了你，我把我最后的火热给了你，我无悔。

（选自《精美散文诗》）

我在你的风景里回想

没想到你一下子长成了这般成熟的模样，一株野桑敲打着远方的风景。

自此便不好摸你的小辫，以成熟的口气揶揄你的小名。

你走过那角街衢的时候，我眼里的桑葚红了。只几年光景，青春的田园便一片迷蒙。

我顿时觉得自身有些苍老，觉得自己一如残阳，映照了你墨绿墨绿的远景。

恋爱的方式

最新的最旧的方式,都会被认为是最不能接受的方式。

最好还是用传统的方式。雷声慢慢地来了,闪电远远地来了。接着是雨,接着是伞。

打伞的方式,擎雨的方式,谈论闪电的方式,走入雷声的方式。都是传统的方式。

传统的方式不招函授生。

传统的方式自学成才。

(选自《中国百家散文诗选》,贵州人民出版社,1991 年)

雨　田

雨田(1956—　),四川绵阳人。出版诗集《秋天里的独白》《雨田长诗选集》《纪念:乌鸦与雪》等多部。

岸:迷人的风景不是别人是我或者是你

在这个给了我痛苦又给了爱情的岸边我们坐成了一种风景。我的手掌伸出,握住了苦难一般的黑洞。我想忍痛迎接任何选择或者战争。站在你的面前,我毫无知觉地成了黑夜里燃烧的太阳。富有情感浓度色彩的黑夜,我们都变成了太阳。没有人为我们歌唱,我们并不孤独。

远处,那轮迷人的圆月是我心灵的背景。知道我的痛苦就从此开始了。因为我已许下诺言,对谁呢?对我自己,对你。我恐惧地感到悲苦又回到身边,要在这个世界上有栖息之地,还得继续挣扎。挣扎!

于是每当夜晚来临时,我以一个陌生人的身份热烈地在和谐的时空中读自己认识自己——这就是我的归宿。我不知无意或者是有意地选择了痛苦的过程。一个彻底的流浪汉用他自己的风格为你或许多的人做着一种价值的实验。

宁静会把自己吞没的。只要我活着,宁静就不存在。

你真的很神秘。我完全流入你的情调之中了,遗憾的是我没有勇气抗议。我明明白白地错了?我不该在这个世上诞生,更不该在冬天的那条船上认识你。可是我现在又不能去死！我认为艰难地活着很有意义。

目的地在彼岸。我们不由自主地走到同一条路上，我们寻找自己的世界，我们不能沉静我们赶路。

黑夜里的蓝色树

我的心很沉重，原谅我使你哭泣。你是我唯一的朋友。我们分别得又是这样地久，我在痛苦中思念你。我常常将手伸出，触摸的却是冷石一般的空气，不知你是否知道我已从我们的交往中领会到今后的命运：梦幻。

经历了许多的磨难，我走了很长的一段路。路在我脚下很弯曲，我怎么也寻不到我的墓地呢。日轮滚动，我又开始构造我的神态。此时此刻，我唯一的朋友——你也在开始赶路，寻找你的归宿吗？

太阳沉落，我想起了大师文森特·梵高。

你走过街道。你依偎在黑色的树旁哭泣。我的目光透过夜晚的空气发现你竟变成一棵蓝色的树。你的心灵能听见我对你默默的爱的声音吗？我的声音滚动着，我的声音只有你才能，而且应该听见。这声音是我的歌唱，是我唯一的真实的声音。

我歌唱，我痛苦。我痛苦，我爱但不能……

黑夜里的蓝色树。你是我唯一的朋友，原谅我。我的心很沉重，原谅我。你是我唯一的朋友。

（选自《探索散文诗选》）

张 炜

张炜（1956— ），原籍山东栖霞，出生于山东龙口。当代著名作家，出版小说、随笔、诗歌数十部。

那个雪雾笼罩的冬夜

我扯着你的手往前，一任脚下的雪发出嬉戏之声。天一点也不冷，这样的温暖让人有双倍的感激。千万不能触碰沟畔上那一排细密的青杨。啊，茁壮的青杨树，一触碰，就有雪朵纷纷落下。还记得那个雪雾笼罩的冬夜吗？

我的感激和羞愧在这个时刻积聚起来，达到了一个极致。没有可以推托的方法，我只是羞愧着。你的南方的眼睛润湿了，那是多么善良的抚摸。它照拂了街巷、田野，还有各种各样的动物，最后才有我。我从此就变得自卑了，一种无力报答无力酬谢的自卑。它是羞愧用尽之后袭来的一丝愁绪，淡淡的，长长的，把我缠裹。

你并不需要我的付出，正像土地一样宽容。可是当我赤脚踏在你的躯体上，我亡命般奔波时，谁能想到你的痛楚？我在饥饿中开掘，割裂，撕碎，就为了寻找一点点食物。我咀嚼和吸吮，来不及喘息，因贪婪而大汗淋漓。然后又是狂奔，是在你的无边无际的身躯上无望而又热切地寻索。

大地吹拂着丝丝暖气，雪在可惜地融化，发出小鸟才分辨得出的喘息。这短短的归途啊，你伸出了手，把手掌缓缓合上。它戴不上你施予的柔软的皮革手套。在你的睫毛上，有橘色水珠。雪下着，雪在分解和蒸腾，这个暖冬啊。我捧着你的乌发，水仙花下的石子闪闪发亮。我的隐隐作痛的右膝。你轻轻搀扶了我，于是我在泥泞中走向了遥远，一直向着那片高原。

哦哦，我的南方的湿润，我给你诉说那匹红马的故事了吗？似乎已经来不及了。我在某一瞬间，心情的牧场一片荒凉。这是秋天的萧索之后，严霜洗过的狼藉。在荒凉中，你扯紧我的手啊。

我的故事都陈旧了。它陈旧的糖衣下包裹了无尽的辛酸。这是爱抚和救助的故事，是用柞树叶扎起伤口的故事。它是我们两人享用的、续写的、纪念的。在青草地上，有一抹阳光闪烁耀眼。我们都开始盼望一道虹。

在暗自回想中，那份宁静、安稳、端庄，久久地笼罩了无边的黑夜。我多么需要你的援助，我如这长长的夜晚一样需要光的刺破和打击，犹如一道铁犁击打在雪野上。在黑土上播种之后，甘泉汩汩涌流了。玉米田茁壮如青杨林，田垄上印满了想象的脚痕。无冬无春无夏，只有那个累累硕果的季节。谷香涂遍四野，从此不会有饥渴的穷人了。

井上长满了青苔，绳痕勒穿了四壁。这是救命的泉，是大地中央的活水，是映出明天的镜子。在井边依偎着等待天亮，听蛐蛐吟哦。我想去触动那排青杨，你低垂了前额。我在分得笔直的头缝那儿怔住了：我们在一个什么年代里相遇过？是的，我们已经厮守了一千年，在灶火的熏呛下泪流满面。那些安慰的话语啊，叠在一起有一丈高。可惜这些全都被一只神灵之手掩去了，颠倒了。神灵让一切都有一个新颖的开端，然后再让其蓬勃生长，枝繁叶茂，直到遮天铺地，卷起绿绿的瀑与潮，汇成汪洋。

还是无言地对峙吧。无言是滔滔的涌，是凝固的山。无言地、遥远地注视。遥远得像一厘米、一只手臂。当我在熟悉的、生来就寻觅的那种气息中沉浸时，我怎么去申辩、去吟唱、去倾听？不能了，我即将离去，我要远行。那个人在高原上伫立，那个魔力无穷的人哪，她真的铸在了高原上。

这算背弃吗？我会任你责备。这世上已经没有了申诉的言辞，只剩下了谴斥的话语。那就来吧。这是你啊，是你的鞭笞，是人类当中最卓越的人施用的酷刑。我不发一言。我只用青春消逝时分生出的黄叶遮去眼睛。在这孤单无援的空间里，我吟出了悲凉刺骨的诗句。这心中的铿锵之声压迫了最难承受的一切。

最后的质问来临时，我的回答依然如故。

真的吗？我说：真的……

她在一边。她在无辜地观望，伤口被撕扯不止。她从前是谁啊？她为什么要同我一起接受戕伐。她的前生不是别的，她是我童年那棵纤弱无靠的红叶树。我的手抚摸过它，它的颤抖像电一样回应了我。原来她是它，她在今天跟从了，没有一句怨言。

你会停止吗？不，你不要停止。我要做个牺牲，我要耗尽自己，哪怕这是最后的一刻。然后再让我们分别。

我一生都将歌颂白雪。它皎洁又忍受践踏，可是听不到一声感谢。那就让我去做吧。它覆盖了大地的轮廓，使其丰腴起伏。它把需要掩护的都紧密捂住，像使用母亲的衣襟。我伸开十指去抚摸、去握住、去拂开……白得不见一丝灰污的雪啊，与那个夜晚的雪毫无二致。就是它指示着清纯和洁净，也指示着严肃和冷静。

这是你的雪，温柔的雪，爱人的和母亲的雪。我被告知在长久的时光里守护它，不被践踏，不被污染，也不被改变。它只能是白的，像光一样刺眼炫目。我多么光荣啊，我经受得太晚了。

看着你含蓄润泽的美目，我又一次羞愧难当。你凝结了那么多，包容了那么多。我在你面前自叮自慰自怜自谴，都不能卸下一点点沉重。我和你都属于这样的雪夜，我们又何等不同。你是雪，而我是泥土。你由于不能容忍而要痛苦地、毅然地化掉。我领受了，我依然黝黑。我在这黎明前的时刻吸吮着。

白雪有一头洁爽逼人的长发，也有一双美目。白雪是银装素裹的纤躯，是晶莹的心灵，是暖煦煦的莹粉，是普天之下最长的一次爱恋，是顾盼，是青春的伤感，是为了告别的祭。

当白雪真的化在你的鬓发上时，我就从云端扑下来，跪卧在你脚边。啊，你啊，你的洁白的心灵洁白的身躯啊，你的纤纤十指啊，为了印证为了明确，就这么贴近了我。

没有一点风。雪下着。

我向你挥手。你成了一尊雪雕。后来夜幕遮去一切。我荒唐地仰脸寻找星星。天上是挥挥洒洒的雪，是你，是沉默又欢笑的精灵，是恩情和喜乐，是宽恕和愿望，是庆典。

我走了，雪。

（选自《张炜文集·你在高原》）

栾新建

栾新建（1956—2002），山东青岛人。著有诗集《意料中的寂寞》。

自你走后

自你走后，总觉得岁月是本厚重的书。一如在日子与日子之间嵌入几朵记忆作为路标，我在书页与书页之间夹进了那枚枫叶，那枚带齿的三角形的心。

（那是秋天。你擎一炬玲珑的火焰，走向我，用红色强调你的丰满与热情。）

自你走后，总觉得叶片上的脉络是一条条天空中的道路。有归来的燕子等在路边告我，说远方星空下一朵大丽菊正拢紧花瓣，想象重逢。

（那是夏天。你走了。我想摘一片绿叶送你，蓦然回首，你已走远。）

自你走后，总觉得那枚枫叶是你红色的笑容。每夜每夜，伴我在灯下读一本岁月之书。在书页轻微的沙沙声里，我想象三角枫最初的叶片，正萌动一片温情。

（而那将是春天……）

分　别

分别和思念，是一只两脚规。

锥形的思念站在圆心，身子前倾，随着分别的弧线缓缓转动。

分别的前一天晚上，你来了，坐在窗前忧郁。黄昏也忧郁着，古老的月色如一首美丽的慢板。之后，我们分梨。水果刀无言地驶进梨心。乳白色汁液自缝隙间缓缓渗出，分成两瓣的梨子，变成两把暖黄的吉他。在最末一根弦上，留有一粒红豆般的梨核，如小小的音符，奏出沉郁的情歌。

圆规开始转动，两只脚朝向同一个方向。

分别变成了圆心，很短很短；思念划出了圆周，拉得很长很长。分别和思念，是心和眼睛的距离。

舟

在明月的凝注里，海滩像一只闪光的杯子，斟满了流动的月华。在这海浪与礁石喁喁谈心的夜晚，你的身影是一片轻舟，划着足音溅起的桨声，款款而来。

我是弓形的岸，我是岸边守望的礁石。

我想采撷满天星斗，点缀在你轻轻起落的桨上，载着大海熟稳的呼吸，划向蔚蓝色的远方；

我想切一片微咸的海风，系在你飘动的舟上。在被耕耘的海水之上，我们将收获珊瑚般红红的恋情。

（选自《诗歌报》）

沉　沙

沉沙(1957—　),河南汝南人。著有散文诗集《海的感觉》《鸟是鸟的梦》《宋庄,我的油画布》。

最后的吻

一种非诗的力量,把蓝海湾上的帆船、岸上还沉睡在三月的植物和梦,一一抛向你。

你还站在历史上的那个星期一吗?

抛给你田野上的鸟和星子,

抛给你浪花上的黄房子,

抛给你我生命的阳光和风,像我心的状态,作倒伏状,吻你脚下的土地。

我渴望做一个囚犯,让你把我流放远方,使我永远怀有一个奢望,你每天会举起一把闪光的钥匙,来打开一把时间的锁,看我怎样为你而长成一片灵魂的麦田,大雁们会告诉你一些你永远不知道的事。

我正离你远去,远离与死亡同一片海的那些水生物。我知道你还在等待着我静若沉船一样的消息。我带走了我拥有的一切,什么也不曾留下,我只有用一种非手指的力量,向你一次次抛去。

时间中的鸟及其飞翔，大地的果实和馨香，以及我伏在宽阔无边泥土地上的

死之吻。

（选自《散文诗世界》）

刘俊科

刘俊科(1957—),天津静海人,现居青岛。出版诗集《心灵天空》、散文集《飘带岁月》。

贺卡五章

1

从碧云天到黄叶地,季节的轮回,似乎就是一个圆,起点和终点叠在一起,让人分不清开始与结束。

秋风起,吹着云朵,慢慢飘。好像一枚邮票,贴在天空。那是上帝发来的一封信,在阳光的邮路上,里面写满了高山流水。

天地间到底有多少传说,为人类佐证着情何以堪。

红尘里到底有多少灵犀,为生命开启着玄妙之门。

看窗外,一抹斜阳柔弱而温馨,一行远飞的寒鸦,把叫声留在空中……

2

我的文字终究会埋进尘埃,有一些会腐烂,有一些竟然会开出花来。

老树、苍月，凌乱的冬季，撑起历史的意象。

空余那一个故址，微风吹来，漫天黄尘，连个影子都不见。

今夜，一盏孤灯，照耀一杯剩酒，我该一饮而尽还是对酒无眠?

我的文字，低到你的脚下，但总会在来年春天，开出花来。

3

等待从此刻开始。

一城冬色，一截折断的梅枝，像半阕诗词，丢失了一半儿的诗意。

往事可以随风而去，但留下的记忆确如石碑上的字。

我已随我的诗歌走了很远，但是一直没有走出那场梦的结局。

等待，已经是一首老歌，回响在空荡的街头巷尾。

翻阅以往的足迹，看深深浅浅的忧伤……

抬望眼，远方，云在聚集，欲雪。

4

往事经年。或边走边忘，或刻骨铭心。

每一个人都有一汪心池，涟漪似年轮，一圈圈记下日子里的波澜。

一些人一些事，或落地为泥，或飘浮为烟。

风雨江山，千古万年，不过一夕渔樵话。

唯有你，与我眉尖耳鬓随日月来往。

继续前行吧，不必回眸，即使手搭凉棚，我也要望着你轻轻的背影。

5

绕过婉约，绕过红酥手。

岸，烟柳，河水接纳了冰，万物微醺，花已半开。

风从树梢扑下来，吹起河水涟涟。

身边若天涯，是因为你在我心里，而你却不知道。

花花柳柳，幻幻真真，春天带给我的所有缥缈，因为你而真实了。

（选自《青岛日报》2015 年 2 月 2 日）

鲁　萍

鲁萍(1957—2002),安徽芜湖人。散文诗、小说、散文作品散见于海内外数百家报刊。

爱的短章

雨　夜

在心的角落,在记忆的小巷深处。

又有一些什么,被这雨声,被这潮湿的忧伤唤醒?

这连绵的夜雨,洗不去温柔的旧事。

还会有一把油纸伞吗?泊在那熟悉的驿站,默默而安然地等我。

等我……

离　别

人生有另一种沉重,就是离别。

你和我那单单薄薄的枫叶样的心,怎驮得动它?

那么,就让整个秋天来承担吧。

秋呵,那飘满心形枫叶的秋……

栅　栏

记得童年，你那么轻轻一跃，
就跃过了我们两家那白色的栅栏，落到我的小花园里。
而现在，又有一道无形的栅栏，那么清晰地横在你我之间。
我站在栅栏这边的含笑花下等你，
你可还有童年的勇气？

你的名字

你的名字，那缠绵的一笔一画，是怎样深深地刻在我的心间。

整整一个秋天，我一直徘徊在你的名字里。

那缠绵的一笔一画，那充满温馨的曲线，铺展在我面前，就像一条条柔曼曲折的小巷。

沿着你的名字，沿着幽幽的小巷，我要悄悄、悄悄地走到你的身边。

（选自《作家报》）

皇 泯

皇泯(1958—),本名冯明德,湖南益阳人。著有散文诗集、诗集、专题片等8种。

叠 影

1

两只大雁,一只朝南飞,一只往北飞。
并不是迁徙的季节,飞,仅仅只是翅膀扇动的欲望。

哪怕北飞的雨水有点冷,南飞的云彩有点热。
南北交融,仍是适宜玫瑰花盛开的季节。

乌篷船头开一朵带刺的玫瑰,隐隐约约的痒;
蒙蒙细雨欸乃的波纹,掠过一阵油纸伞遮不住的江南风韵。

两只大雁在天上;
一对大雁在水中。

2

一望无垠的戈壁滩上，阳光，披一件透明的外套。

阴影，无处可逃。

水滴，泪滴，甚至血滴，在滴下的瞬间蒸发。

戈壁是胡杨前生后世的情人，即使在焦渴中煎熬千年，也不离不弃。

戈壁，缺水，不缺情。

根，深入，再深入，从骨髓里吮吸赖以生存的爱情。

爱情，不能当饭吃；

爱情，可以活命。

（选自《山东文学·下半月刊》2014 年第 5 期）

廖亦武

廖亦武(1958—),四川盐亭人,现居成都。诗人、学者。著有诗集多部。

写给阿霞的散文诗

爱的梦

我痛苦从你的凝望中消失……

仿佛超脱了茫茫人世,你融进了似幻似真的山脉,融进了昼与夜的界限,那儿岁月松弛,如穿拖鞋的云,半浮半沉的巨型葫芦搁在山口上,叮叮当当地泻出多音节的瀑布,酒味很浓,搅动着众多生命的元素。你说,这是所有大河的真正源头。

我骄傲我从你的凝望中消失。就像大自然中一棵脆弱而渺小的植物,以整个短促的生命去感受了大自然的奇幻无疆。

睡　眠

亲爱的,你的睡眠展开了我的想象。

隔着窗子,裸体的夜被置于一个深邃的鱼缸中。月亮是朦胧的脐眼。向很远的地方收缩,大群晶体的蝌蚪从里面拐出来。钻过成片的水草，用极细微的尾巴舔拍着窗玻璃。

撩人的沙沙声中，你微笑着。纯白的迷梦上铺着睫毛，那眼缝犹如被松针掩藏的小路。我通过这儿去接近微妙的睡魂——最深的内殿。命运的乞丐蜷在里头瑟瑟发抖，汩汩之泉滑过它的赤脚，向上爬去，滋养着殿顶那层现实的泥巴——白昼之犁辽阔地翻耕着……

亲爱的，你丰富的睡眠使虚无化为实在。日子在向两头延长。我这幻想的奴隶站在中间。小心翼翼地打更。

深　入

在这段无尽头的孤独里，爱的潮水悲愁地爬上我的耳畔，又几回悄然退去，我在涛声中不断深入，直到走进你的内心。

如同走进陆地中的陆地，风暴敛息了，没有日光或月光，我只能遥感到季节小心翼翼地在高高的危崖变幻。时间过得很快，一个世纪就像一截狐狸的尾巴，在岁月的甬道口一闪就不见了。

我短促的一生，就这样被你的胸怀笼罩，被你永久的血脉穿透。我成为你心脏的一部分，每时每刻都搏动着，输送对你的爱，向更深远的世界输送对你的爱。

（选自《诗刊》）

王亚平

王亚平(1959—　),山东青岛人,祖籍山东威海。出版散文集《悦耳的鸽哨》。

爱　情

我和恋人走在默默的小巷里。心像手那样挽紧。目光在热吻。

幸福难以诉说,于是沉默。

第一次的爱恋离去很远了,再也寻不回来。

尔后是夏,是秋。青春的白纸于酷日下,于凉爽里印下一圈圈的年轮,于非圆形的充实中趋向成熟。等待。选择每一条可能的小路。

终于相遇了,在某个夕照如锦的傍晚,在泡桐树淡紫的花香里。

似乎仅是重逢,相识当在遥远的往昔,原野上开满鲜花的时候。

也是穿过这条小巷,默默地走着,走向宁静的湖畔。

幻想芦苇丛中藏着一只灵巧的小舟;幻想荷叶下栖着一对恩

爱的白鹭；幻想着飞，飞在生命之钟的每一个时刻。

幸福不需要诉说，只好沉默。

哦，幸福的沉默。

（选自《青岛日报》）

巨　子

由于你的过失，早年的恋人坠落于莫测的深渊。

你的痛苦，凝在超豪华轿车的反光镜里，结了霜。即便你是最高贵的巨子。

车窗外面，是开不败的柔情蜜意。你失重。

每到一个港口一处名城，你总在沙发上拟一纸启示，找寻梦的素白信札。雪的日子也许能漂白灵魂。然后印在各种文字的广告栏上。

不知何时何地，一位可鄙的妇人读到它。再也不是纯洁妩媚的幻象，连同那片绿地和悬浮其上的点点黄花。

下车的时候，你付出一声重重的叹息。尔后一切都远去了。

（选自《黄河诗报》）

冬天的故事

悄然的雪由窗外流进来。热的蜜月，多么需要那方宝石蓝的天空。夜的雪途，缓行着你我的恋情。闪烁。

你以生命的骚动依偎我深沉的温柔。于是和谐，像那幅油画中的销魂。痴痴的唇，等待雪的快慰。夜竟如此之静，如此难以安眠。全因为地心的鼓与天河的桨声。于是窗扇伸出赤裸的胳膊去触疼冬神的曲线。于是冰的微粒洒向枕边，沁入你我滚沸的梦海。赤色的，白鸥翩然的青春的海。

就让那窗开着。直到清凉的早晨。

早晨是新干线列车启程时刻。我替你穿上第一次的裘皮大衣，然后，一起步入月台，向世界，展示迷人多姿的崭新影集。而生命是流动奔涌的潮歌。星星被爱灼热溶化，汇入快乐的雪花漩涡。

（选自《海鸥》）

靳晓静

靳晓静(1959—),女,吉林人,现居四川。著有诗集、随笔集多部。

雅　歌

我已老了,鲜活的只是我的身体,鲜活而默然。
窗外的光线忽明忽暗,我们把它叫作时间,
叫作凶兆或吉兆,叫作空中花园或者墓园。
十三岁那年我碰伤了乳头,在树林里与树精遭遇。
母亲因此焚香,与蛊对抗,我的血液中香雾弥漫。
一个女人,就这样与世界互为诱惑,互为占领或沦陷。
我以罐汲水,一无所知,我反圆其梦在合掌之间。

怀念眼泪,怀念惊魂,怀念莲之咒语徐徐又缓缓。
爱为水生,水为情蓝,我的羞涩的沐浴之盆啊,
香草横陈,于天狼星未出之际水声潺潺。
有一些光芒孕于暗夜中了,沉钟将醒,月牙半圆。
此生的大珍惜,我如何怀抱至驿道天边。
如何永守石榴之谜,心香之瓣,如何伏在苍穹之下,
听着我如神附身的心跳,宿命地与爱结缘,

谁能呼风唤雨，字随魂出，一封素笺。
爱着的人有福了，泪水珍珠，天国家园。
今夜的枕上我恍若隔世，枕上的乌云，
如往事千丝万缕，梳理的也只是乌丝高绾。
我靠此留守，靠此生活，靠此呼风唤雨。
我的爱人，你到来时可要用前世的光芒将我震颤，
再向我喉咙的花瓶插上隔水的花枝，让我死，或者把你吞咽。

我已老了，在身体鲜活时老去，无人看见。
我幸灾乐祸，沿水湄而去，水为情蓝。
在母亲的焚香处，树精已遁，我未成仙。
最后的爱情怎舍得割弃，割弃后人心如何安然。
窗外的光线忽明忽暗，我们把它叫作空间，
叫作永恒或遗忘，叫作伤心之床或者摇篮。
我在此焚香，在可疑的暗夜，以一双素手轻覆古典。

（选自《2009中国诗歌选》）

王猛仁

王猛仁(1959—),河南周口人。著有《养拙堂文存》(九卷)。

心　事

今天的相遇没有归程。

一种伸不直的心事,被铺在弯弯曲曲的黎明。

梦想总是那朵苍白的小花,不闻星眨眼,不慕风传情。

没有结局的故事义无反顾地泛起,似远方六月雪摇响的风铃,时而酣畅,时而幽闭,断断续续,隐隐约约。

看似黛青色的声音,常常停止流浪,把花瓣似的微笑布满四壁。

你的眼睛笼罩一片江河,是诉说,是等待。

簇簇众生的星星,梳理你散乱的疼痛。

此刻,我的目光与你的声音在热烈地纠缠着,新的认知在各自的液体里殷殷生长。

我们共同美好的诗歌,在晨光里不停地溯游,亮晶晶,漫扬开去,喂养着岁月之河。

山涧草,随随便便地生,潦潦草草地长,喷点点绿光,解读疾风残阳。

寂寞里,独自悄悄,抛洒一片空茫。盘旋。跌落。起飞。

如同穿越季节的雨，伸出光洁的手指，婆娑地惦记着，那一瞬间的凝睇。

我努力剥开折叠的羽翎，似乎有一声鸟的呜咽，已刺破心语。

背　后

试图借一些遥远而亲近的故事为我即将铺展的文字取暖。

平日，常常一个人沿着没有尽头的河堤迂回而唱，神色恍惚。

有时，几声鸟啼之后，河水也会托起一枚清楚的明月，照亮一阵清幽牧笛。

已经不是春天了。依然看见那三月风下的垂柳，丝丝缕缕，正轻拂着心的每个角落。

即使在梦里，也不曾有过繁花似火的热和芙蓉出水的红。

此刻，我的爱人，多像一朵意念中的水莲，染上了夕阳的微醉。

树影婆娑，梦靥酽酽。

蹒跚的足底回荡着动人的音符，洋洋洒洒。

阳光被春天抖动的躯体分割着，尽显本色。

一影黯然，几许残白。

再没有重复诗意的清秀。再没有设想中迷人的娇羞。

或许是中午的阳光太温润，雪白的墙壁拖不住你诱人的白纱。

而我，正在中原一隅，在浪花的背后，画满你的雨声。

（选自《平原书》）

李松璋

李松璋(1959—),黑龙江人,现居深圳。著有散文诗集《愤怒的蝴蝶》《寓言的核心》《羽毛飞过青铜》等。

不期而遇

人生处处是舞台。所以有句话,人生如戏。

最可看的部分,是演员脱开脚本,突然说出剧情以外真实的话。音乐已悲伤到大雨滂沱,台下的人,却禁不住笑出泪水。

落日已近地平线上一只蚂蚁的头顶。它以为幸运降临,却在一只脚下死于非命。类似事件太多,所以无趣。观众已经睡去。

形迹可疑的人,从台侧一闪而过。他可能并不是一个龙套。

主角们常常是神龙见首不见尾的。他们整天抱怨舞台太小,挣钱太少,却说不出一句完整的话,每一句台词都要幕后的人悄声提醒。

黑夜与黎明不期而遇的那一瞬,历史暗处的大咖们惊出一身冷汗。

最动人也最令人忧虑的,是那个怀抱鲜花的女孩。她以为是约会爱情,相遇的却是爱情派来的替身。她信以为真!

(选自《星星》诗刊)

这女人

你总说，口哨不只属于男人，如同眼泪不只属于女人！迷人的玫瑰唇里时时吹出富有雄性魅力的迷人的骄傲。

都说你快活。

可当小儿子被你用轻盈的口哨催入梦乡之后，空荡荡的心立刻重物样沉落。那男人的照片想撕想烧想咬，但又几次留下来，放在儿子翻不到的地方。

他已经不属于你，可你的世界总有他带酒味儿的气息。夜隔不住，紧闭的窗门隔不住，只有吹口哨时他才不敢走近，像魔鬼畏惧鸡唱。他要在另一个女人的怀里盯梢你一辈子，折磨你一辈子，可他说过：爱你是个误会。

那“误会”是个谜，你每夜都背对着小儿子猜解，直到眼泪将凉枕濡湿。

也因为你谜团未解，你从此拒绝所有的男人，更讨厌他们说你口哨吹得好，说你快活得像个男人！

（选自《诗刊》1988 年第 5 期）

杨　通

杨通（1959—　），四川巴中人。笔名逸鹤、杏子。著有诗集《柔声轻诉》《朝着老家的方向》《雪花飘在雪花里》。

今夜的月亮是你的

今夜的月亮是你的，亲爱的，让我走开。

在你的宫殿里，我不愿做唯命是从的臣民，你那至高无上的光芒，泻满我的陋室，我无法入眠。

我想，那高山之下定有一条被爱情和权势遗忘的峡谷，是我的梦乡。馥郁的野花和斑斓的蝶翅，将不弃我的卑微。即使遍川荆棘致我遍体鳞伤，即使寂寞孤独让我一贫如洗，而风月之琴弦将为我弹奏永远的恬适。没有谁能始终自居尊贵。那容纳万物苍生的自然的怀抱，是我的再生之地。

即使，得得的马蹄自地狱而来，最终踏碎我情有独钟的小小冰窟；即使，那暴雨之箭簇射穿我纯洁千年的梦想，或许，在一次雪崩之后我又突然醒来。醒来，是一只挣脱黑暗之壳、拥有自由之躯的大鸟，从荒芜中擎起那轮属于自己的太阳；醒来，爱情的青枝绿叶将向我无垠地招展，我黑暗的原野将越过你高不可攀的宫墙，走向繁花似锦的地平线。

今夜的月亮是你的，亲爱的，让我走开。

（选自《散文诗世界》2011 年第 6 期）

你的微笑是我唯一的出路

时间打一个漂亮的响指，弹去十年精装的日历。在这些瞬间的闪失中，我的梦枯死过好多回。

你疾走如风的影子，总是挂在我斑驳陆离的墙上，几次搬家也未能丢弃你那些动人心弦的足音。

两眼在睡眠的悬崖上跌落成晶体的小鱼儿，它们游来游去，总也游不出你那片柔情泛滥的水草。

我的心，最始最终，都是渴望你来避雨的巢。

慢慢地，我的卧室里长出了伤感的月光。对窗吟哦时，少年的我，已被岁月尘封成多愁善感的心事。

将长时间关闭的心门打开吧，我对自己说，把发霉的诗行晒出些爱的新意。也许，在一次偶然的瞭望里，会迎到你蜜蜂般甜甜的笑容自五彩花瓣上姗姗而来，我猝不及防，再一次退入情感的死胡同。十年风雨骤然撑破我珍藏一新的油纸伞，苦涩的雨滴顿然溅满一身。而你，依样轻掌单车的龙头，颔首而去。

你颔首而去。那疾走如风的影子，竟神奇地从这个季节的墙上消融。而无措的我，也突然转身，走出了爱情的死胡同。

你的微笑，是我唯一的出路。

重 逢

于这无星之夜，蜡烛里，燃着我们片刻的宁静。人生多少漂泊的苦涩，此刻，全部倾注在这杯酒里。

让我们相互凝视，曾经溢满欢歌笑语的脸庞，如今已成一张被岁月弹皱的琴，谁也不敢再用手指去触碰，怕那储满潮水的琴箱，顷刻间涌出伤感的音乐，将我们再次冲散。

于是，我们长久地沉默，于沉默中依偎在对方内心的深处，谛听从风风雨雨里走过来的那腔执着的一往深情。让我们欣然仰望夜空，在那里仍然烁动着我们五彩的梦。让我们互赠温馨的火把，照亮前方剩下来的漫漫长路。

那么，干杯吧，用我们这双被阳光锻铸过的双手，用我们这双在霜雪里淬过火的双手，举起酒杯，把人生的苦涩一饮而尽。

让黎明的彩霞再次泛上我们重生的笑脸。

（选自《星星·散文诗》2013 年第 12 期）

黄神彪

黄神彪(1960—),壮族,广西宁明人。已出版散文诗集《热恋桑妮》等多部。

面对光芒禁果
——献给我的桑妮

1

日子,爱的日子,纷繁茂盛着遥遥无期吗?

桑妮,我由远古黄旧的画册上,眺望出天空碧绿世界的魅人风景。鸵鸟因躲避暴风雨,追寻伊甸园的幽深宁静。

那天,我的深层意识走进伊甸园。

生活的亚当和夏娃,被那蛇引诱后,由于受骗上当的复仇,戏弄和愤恨着蛇们到如今。

可是禁果,我们已经偷吃了吗?尝遍了吗?

桑妮,面对光芒禁果的诱惑,我们做出心灵反逆的举动了吗?世界的风雨穿越于透明晶亮的阳光之中。

2

世纪光色的鸟羽,太阳光色的润泽,那神圣伊甸园的入口处,在哪里？在绿色森林密密麻麻的暮色里吗？

桑妮，我于梦海边上等你、呼你。

唯有浪涛汹涌，听不见任何温柔动听之声。

无数嗥飞的海鸥。无数沉默的黑礁石。

几片祥云像一些寻找绿洲的沙漠之驼。

轰鸣夏天的沉重。桑妮，在这个时候，我们如何没有去想光芒禁果呢？人生和岁月的年轮，碾过了空旷幽深坚厚的心灵土地。这样，我们又一同坠入了没有黎明的梦……

3

桑妮，我常接到一些远方飞来的红叶。

在我回赠漂亮纪念卡的时候，我就想到你为什么总没有给我寄来红叶。是因为那挂满神秘果的伊甸园里，寻找不到一片能够代表心迹和祝愿的红叶吗？

哦，倘若这样为难，我宁愿忍受孤独和心灵隐痛的煎熬。因为我别无选择，我只配这么孤独而隐痛地度过自己一些琐碎零星的日子。

纵然，我不愿自己不被上帝恩爱。

桑妮，给我寄来一片漂亮的红叶吧。或是你最终的女性特有的捉弄，让我更甜蜜地尝到你全部奉送的禁果吗？

4

说得对，桑妮，毫无疑问，我们要用整个爱的意识去拥抱每一朵生活的浪花。那也是一种光芒，另一种生活禁果闪烁出来的光芒。

那纷繁零乱的往事，我们就共同失去过生命的光泽。

过去有一条鸿沟，龟裂着像一条黑色峡谷不尽地延伸。

桑妮，感谢你，是你鼓励我不要灰心。

今天灿烂阳光之下，生活里好似故乡的那条河流，躁动许多浪花。可惜父辈们遗下的那条船，不愿意听从我们的劝告，桑妮。它们远远地向后飘去，说那背后就是平静的港湾。

于是，我真想拥抱你，桑妮。你是唯一理解我的一位伟大的女性。

（选自《散文诗》2002 年第 1 期）

王明伦

王明伦（1960— ），山东青岛人。著有诗歌、散文集《琴屿海风》（合著）。

萱草花开的季节

萱草花开的季节，我想起你，想起我们的童年来了。

剃着瓦片头的我，梳着羊角辫的你。两双沾满泥巴的脚印，覆盖着没有尽头的小路。

雨后，我们在山间采撷。草莓，松蘑，金针菜，为博得母亲的欢喜。

坡上的玉米穗在灌浆，被山雨洗得洁白的花生果，像我们的童心一样鲜嫩。

呵呵，那萱草花开的季节！

躺在浓绿的树伞下，我们尽情吮吸阳光奶的清香。三角形的小竹笼，贮满绿蝈蝈悠悠的琴音。

遥望翩飞的白蝴蝶，我幻想长大后能攀上山鹰旋飞的崖巅（上面，也许有酸甜的山楂果）。

更难忘那条载满星星般槐花的小溪流。柳叶鱼吐出的圆圆的泡沫，引来长足的水蜘蛛。

呵呵，那萱草花开的季节！

幼稚而天真的童年，如一树渐熟的山樱桃，不知不觉间被南归的紫燕啄尽了。秋风萧瑟，只余下光秃秃的枝。

如今，我们都已长大成人。我知道，你再也不会坐在孤悬的崖顶，任我用石竹花将你的额角染得通红。

于是，每年每年，我都独自来这里徜徉，寻找那留在心的底片上清晰的投影……

呵呵，那萱草花开的季节！

（选自《黄河诗报》1986 年 1 月 16 日）

红盖头

丰满的胸，用布带勒了又勒。

怯怯地，如奶奶故事中的童养媳，甚至惧怕阳光的热情。

雷雨之夜，那条船载走了你刚刚熟悉的男性气味，从此，没有七夕。燃一炷香，袅袅飘不过那道窄窄的海峡。

抱着羸弱的遗腹子走上悬崖，惊恐的啼哭，迫使你回转身来。

漆黑的夜，每一孔玻璃窗，都瞪大了贼亮的眼。

河水暴涨的黎明，不知谁家孩子将一册线装的《三字经》折成纸船。蛙鼓以高分贝的热情，加入山洪的合奏。

（一棵老树缓缓倒下，搭成一座窄窄的独木桥）。

打开昔年的梳妆匣，那块绣着双“喜”字的红盖头，依然泛着新嫁娘的羞涩。

将四十年的相思寄往彼岸，呼唤他踏浪归来。

（选自《即墨文化》1995 年第 1 期）

圆月夜

向着那个发黄的灵牌，跪下。

香烟弥漫，烛火如红肿的眼。泪，默默地流。

圆圆的月亮升起来，一如你的脸色。

多少个月圆之夜，也曾这样虔诚地跪拜。面向东南，那个幻想中的岛（传说岛上有许多的蝴蝶，却没有一只能飞出来）。

海水依旧升涨，不曾潮来半枚贝壳。

曾是红苹果样丰腴的脸，渐渐爬满了网状纹。

一成不变的，唯有那颗红豆般的心。

清晨，打开那扇窗，有海鸥在雾中翩飞。

湿润的风挟着亚热带的云，落在许多倚门相望者的门口。

只撇下孤零零的你。

从此，每当月圆之夜，临海的礁岩上，便会添一块灰色的望夫石。

（选自《即墨文化》1996 年第 1 期）

白　梦

白梦(1962—　),女,本名汪艾东,安徽桐城人。著有诗集《白梦真情诗选》、长篇儿童文学《晶晶和龙龙》等。

情人之夜

一

滚滚红尘。

在无边的嘈杂中,我为自己筑起一座城堡,不让世俗的风雨进来。当你的心将我忽视的时候,我将自己幽禁在孤独中,或者放逐到无垠的海上。

情人,我绝不向你乞怜,绝不试图引起你的重视。

红尘滚滚,我在红尘之外,你在红尘之中。

二

这是一座清贫的园子,没有华筵美酒,没有丽服艳妇,只有满园鲜花是送给你的礼物,那是我心的色彩。鸟儿的歌唱全是诗歌,风雨的音乐全是天籁,我为这一份宁静而感谢天恩。不是腰缠万贯,却是心灵的贵族。

情人，如果你已厌倦了灯红酒绿，厌倦了歌舞声色，如果你已决定敲响我的门扉，请先洗去你心的尘垢。记住在这座园子里，没有现实，只有童话，有一位冰雪公主，永远穿着白玫瑰的新装，等着做你的新娘。

三

你从未注意我的服饰，从不注意我为赴你的约会而精心搭配的颜色，你也从不注意我飘飘短发已悄悄长得漫长。时间流水般流走，你还当我是二十岁的姑娘。当你有时惊奇我面上奇异的光辉，你也从不去想，那是因为你的到来，你不经意的探望已足以将我的心融化。

你从不注意我。对于你，我的名字就是一种存在；我的影子、我的声音、我的诗歌就是一种存在。无论我是丑是美，是黑是白，你都无须深究。我实实在在的人生，于你浓缩成一个概念，我是你永生永世不离不弃的——情人。

而我，却总要将女性的心思化作春天的细雨。一丝丝体味你的激情、你的苦难和欢乐。

我自豪地在人生中扮演强者的角色，我柔弱的双肩从不在男性面前低垂。只对你只对你，我是女人，是个平平常常、细细腻腻的小女人。

被征服的心，没有尊严。

四

你接受我的爱，像天神接受贞女的献祭。你以王者的气概在我面前享有绝对权威。你偶然赞美我的蓝眼睛，像婴儿渴望大海的洗礼。可你没发现蓝眼睛也有忧郁的时候，像远天飘过淡淡的云翳。

你的心是翱翔的苍鹰。你总是渴望遥远，渴望高山之巅的苍松和雪莲。当你疲惫的时候，自有我为你洗濯风尘；当你孤独的时候，自有我抚慰你的空虚。

你永远是骄傲的，你不知道你桀骜不驯的心，已做了我爱的俘虏。

五

一扇窗里流出粉红的温柔，那是别人的氛围；二扇门里走出一对夫妇，那是别人的幸福。

我独自走遍小城的每一条街巷，回想与你共度的时光。没有你的夜晚，我无法走进诗歌，无法走进仲夏的童话。

抑或远方的城市，也有同样的相思，扰乱夜的宁静。天上一轮明月，地上两处孤影。没有你的夜晚，谁能陪我吟风弄月；没有我的夜晚，谁能与你共此良宵。良宵便是苦夜。

六

以神性的光辉普照你，以人性的谦卑崇拜你，以母性的情怀关心你。让我的爱跨过漫漫长夜，跨过千万年阻隔情人的银河。这颗心能刺穿黑夜，这份爱不可阻挡。当我们的情感已超于男女欢爱之上，还有什么理由能扼杀我们？还有什么力量能借助道德的利刃分离我们?

我们是百年人生中相互寻到的另一半自身。我们的相互发现,便是使神惧怕的完整的“人”!

(选自《诗歌报月刊》1991 年 5 月号)

华　姿

华姿(1962—　),女,湖北天门人。著有诗集、散文集、传记、诗评等多部。

一只手的低语(节选)

一

谁在路上?

以飘忽不定的手指,写我的名字,如火鹤的尖嘴,缓慢地啄啮。

倏忽即逝的是黄昏的花朵,而鱼也在黑夜里死去。这个季节只有一样东西活着。

而我能否去爱?

如爱我一览无余的渴望,梦一样地,穿越生命沸腾的血脉,并像汩汩流出的血,抚慰痛苦和失败。

唯一的道路其实是一掌细纹,秘而不宣,若隐若现,在冰雪和玫瑰中,如履幽谷边缘。

二

我在灵魂的原野上散步。这里的寂静是另一种寂静。

这里的荒凉也是另一种荒凉。

我像在网中行走。

我唯一的朋友，是漂泊的湖里，一只羽翼未丰的鱼。青春，在它眼睛里，阳光似的

闪耀。而我无法掩饰的憔悴，也像阳光闪耀。

最后的那颗苹果，已再生为一朵花。

在遥远的春天里，苹果花像人的某种愿望，自开了又自谢。

仿佛尘世的另一种光芒，我的渴望是一种失败，而失败的渴望，却已远远超出我的悲伤。

三

仿佛是另一世界的某只手，在古老的冬夜里，向我似有若无地招展，如黑暗中粲然开放的花朵。

在积雪的林中，我踏雪前去。

为了那不能抗拒的神秘之手，我像一个被放逐的女人。雪中冰冷的石头，仿佛是种

戒律，或一种格言。

雪的宁静，如一只夜鸟栖息在树上。

当我深藏着一种不能表白的爱，伸出手去，那梦幻中渴望的手，原来只是那漠然的树上，欲落的两片叶子。

四

有一座城市，对我来说，是一座荒芜的城市。

对我来说，那儿全部的生命，只是一只生动的手。

当寒冷的时辰迫近，瞬间有一张脸闪过，像触不到的雪花，在远处的草丛里，瞬间出现又瞬间消隐。

我在飘雪的街头行走。

我发现我努力搁置的某种感情，原来仍然真切得像街边的一棵梧桐，几片孤零的叶子。

在空中，像祈祷和寂寞。

我设想你坐在那座城市的某扇窗口，看天下雪，并搓着你的手。

而你是否看到雪状的伤痕，在天空和地面燃烧似的裂响，是否看到多愁的人类，像鸟类一样，鸣叫着飞行，寻找着食物，像寻找着爱情一样。

五

你的名字，是一株树的名字。

因而你注定了要在你走过的地方留下踪迹，并在阳光下裸露无遗。

注定了要使一个女子，在走过那树林时，抚摸那棵树，像爱抚一个人。

而且，注定了你将有一种渴望，同时又将失望和忧伤。

就像群鸟飞临，尔后又不见踪影。

而树，却会兀自沉湎于鸟的温存。

（选自《绝版美丽》）

灵　焚

灵焚(1962—　),福建福清人,本名林美茂,现居北京。著有散文诗集《情人》《灵焚的散文诗》,哲学论著《灵肉之境——柏拉图哲学人论思想研究》等。

情　人

一

我们认识的那天就衰老了。我们的脸颊深深下切,你隔着河床,眼角游动着一群浮萍一样的老人斑。

这个时候,我说什么都是错的,只好任你把自己撕得粉碎。

你似乎想说什么。不,我知道了,你走吧!

繁霜之后,荷塘的叶子卷得恰到好处。关窗和开窗都是没有意义的,雨总是如期来临。

而你没有离去,苍白的一张薄薄地向我展开。

我只好站着。等着想着听着看着忍着。你滂沱的脸上和树梢高高的秋季。

二

蓦然回首,那一尊瓷人的叹息如此安详。

反正从来不过问什么时辰，河里的流水平静极了。扑向地平线的那块断崖在晚霞中完成旅人的造型。忽然感到一种完美，那倾斜的路上，黑伞悠然自得地开放起来。

注视这夜晚，瓷人的眼神神秘莫测，墙上的挂历作为唯一的遗产，有两只蚊蚋在长年破译枯黄的日期。

老人老了。把季风击出掌心，趺趺宕宕的前额尽是破碎的风暴，响彻翅膀无望的追逐。

而面对瓷人，有如面对深渊。

三

你的眼神从源远里渗透出来，雾时浓时淡，河水潜入山的腹地。一棵树，风，非常抒情地表白着。有人看山。

山被云喂得胖胖的，被鸟鸣得蓝蓝的。一支雪茄吐出一腔悠然。不见北溟。

你在镜子背后谕示，面壁的只是蒲团，你坐上去了，每一种手势就是至理名言。

这样我们作为墙，厚重的墙由于你的注视而向我唯一翻开。身后，潮水漫到脚下。我消失了，影子完成了一千次对太阳的突围。

（选自散文诗集《情人》）

箫　风

箫风(1962—　),本名温永东,江苏沛县人,现居浙江湖州。著有散文诗集《沉思的花瓣》《思念的花朵》;编选《叶笛诗韵——郭风与散文诗(三卷)》。

无雪的江南

一

江南的雪,一向姗姗来迟。

只有满湖滩满河岸洁白的芦花,千朵万朵,纷纷扬扬,雪一般随风飘舞,与北国漫天的飞雪遥相呼应。

可是,毕竟是冬天了。

降温的消息接踵而至,令人猝不及防。

而你的叮嘱总比寒流来得更早一些:天冷了,别忘了添件衣裳。多年如此,使我深深地感动。

我终于明白:爱,其实很简单。

有时就是一句叮嘱,就是天冷了有人为你披件衣裳。

一朵雪花在梦里盛开。

就像你,在我的梦中翩翩起舞。

在我这个北方人眼里，没有雪的冬天，该多么乏味呀。就像春天没有花朵，天空没有云彩。

你说过，有雪的世界是温暖的。

与雪相拥，就是与爱相拥，会使那颗蒙尘的心瞬间纯净起来。

一朵雪花翩然而至，摇醒我的梦……

二

命中注定，我们在一场雪中邂逅。

无法拒绝，也无法选择。

在这“数九”的寒夜里，我怀想一个关于雪的童话，还有童话里踏雪而来的你……

想你的时候，就盼望着与一场雪不期而遇。

从一场雪到另一场雪。

从一颗心到另一颗心。

谁也不能阻止一场雪的到来，就像不能阻止我对你的思念……

想起你，就想起飘雪的北方。

你就是我梦中的雪花啊，就是雪中那朵含笑的梅。

一朵雪花，就是一分刻骨的思念。

飘雪的北方，是我梦中最美的风景。

站在江南的肩头，我眺望着北方那座飘雪的小城。

眺望着你在漫天飞舞的雪花中，如何装扮着那座城市的妩媚……

三

“一九二九不出手，三九四九冰上走……”

这首九九歌，我们一起唱过许多遍，每唱一遍心里就增添一份温暖。

而今，我已客居江南。河面上已经无冰可走，再也不用扶起你一串串滑倒的笑声。

没有冰封没有雪飘的冬天，心中总有一种淡淡的失落。

就像没有你的日子，思念常常彻夜难眠。

在我的心空，漫天飞舞的雪花都是你温暖的名字。

我知道，再也走不出那个飘雪的冬天了，正如走不出你思念的梦！

结冰的日子，我分明听到花开的声音。

一如你梦中的呼唤，在耳边渐次开放，真实得近乎虚无。

必须用心倾听。

必须用心感应。

就像大雁北归，就像喜鹊筑巢，感知阳气的回升那纯粹是一种本能。

其实，相爱不就是这样么——

彼此说出的什么并不重要，关键在于能否感知对方心的呼唤。

四

你知道吗?

我在为你写诗,在这个冬天最后的节气里。

窗外,是冷飕飕的寒风。

而心里,却暖融融的。

想起你,又想起那个舞雪的日子,又想起那些晶莹剔透的往事。

已是大寒,还没有雪的消息。

无雪的江南,少了许多动人的情节。

就像离你远行的日子,我只能以梦来填补思念。

一片雪花,从梦里飘到梦外。

——那就是我写给你的诗笺啊。

过了大寒,便是又一番节气轮回的开始。

轮回,是自然界的规律。

日出日落。月盈月缺。花开花谢。春去春来……

而人生,却是一趟单程车。

你说:"宁愿相信人生也有轮回,因为来生——我还想做你的新娘。"

因为这句话,寒冷与我无关!

或许这就是爱:朴素。纯洁。自然。

——就像一朵晶莹的雪花。就像大寒门外

温暖的春天!

(选自《散文诗·上半月刊》2012 年第 12 期)

晓　弦

晓弦(1962—　),本名俞华良,浙江绍兴人。出版散文诗集《初夏的感觉》《仁庄纪事》《考古一个村庄》等。

爱在天地间

认定了这座大山是爱的归宿,自天际垂下的粉色的拯救之路,像披了云霓的挽联,需要一步三磕,才能读懂月亮的心经;

认定了这座大山是羞于交媾的欢喜佛,是密宗的自由极地,是高耸于天际的爱之无字碑;

这是一场痛苦而漫长的朝拜,在时间的天平上,影子注入影子,步履叠加步履;

一座大山,一对男女,像梁祝遇到着火的春天,去蜕化蝶,那是极自然的归宿和结局。而就是他们,在翻越三千多级血染的台阶后,将爱之巨蟒,牵进了一个哥特式地堡那深深的冬眠里。

此刻倘有雷霆,必是为爱加冕;此刻如有暴雨,必为忠贞的青蛇显形。

爱太软,针芒含着的一滴玉露,居然在某个黄昏得了真经,然后,滴水石穿于日光岩,滴出一条虚妄的天路;而昼伏夜出的那只火狐,在发动一场纵横捭阖的爱的突围后,猛一转身,却兑现了他们私订终身的承诺。

(选自《散文诗世界》2014 年第 3 期)

红莲寺

那个叫莲的姑娘，被黄昏的雷电猝然击中，便蝴蝶般抱紧自己小小的心，战栗着遁入千年古刹的道场。

骰子般投进岁月的空门——她撞钟、念经、礼佛，把木鱼一般空的日子，过得比空，还空。

她喜欢天天举托着石莲花的那面放生池，喜欢那只由一方哑石分娩出的沉潜的乌龟，喜欢磐石样沉重的佛经，并且喜欢以入世的牙床，一遍又一遍去咀嚼；

她以出世般的舌头，去掂量和品尝，目光渐渐呆滞，如寺后刚被炸开的采石场；甚至，她喜欢上大雄宝殿前，那不知来自哪个朝代的三生石。

她静心跪拜，用越来越柔软的嘴唇喃喃："我先世是一瓣莲花，我今生是这瓣莲花的十万分之一！"

越来越沉重的叹息；

越来越浅薄的岁月。

某一日，众僧抬头看见：一只迷路的红鸽子，绕殿堂一匝，又一匝，这让殿堂里慈悲的拈花观音，一笑，又一笑。

（选自《上海诗人》2016 年第 4 卷）

她搬动柴禾一样的理由

我忽然发现，她的力气足够大，将我这样一个大男人，从幽闭的屋子里，一下一下推搡了出来。

她推我搡我的时候，脸涨得绯红，并且娇喘吁吁；

却难以分辨，是在生气，还是在使劲出力？

推我出门的一刹那间，我本能地抓住门框，仿佛抓住了滑溜快乐的理由……

“别忘了，这间房子是我的！”她翕动粉红的鼻翼，喃喃地说。

是啊，她要冒多大的险，她要搬动多少柴禾一样的理由，才可把身体深处一丛丛烫人的闪电，一一熄灭。

（选自《中国诗歌》2014 年第 4 卷）

川　梅

川梅(1962—　),湖南湘西人,现居浙江奉化。作品散见于《诗选刊》《散文诗》《散文诗报》等。

猎　人

他有一个美丽的妻子,他追一只野羊进山去的时候,妻子跟着人跑了。

他到山外找了好久,低着头回来了,低着头走进了银铃婶的岁月,十八年了,他觉得银铃婶是世上最好的女人。

冬天,村里一个到远方做生意的人回来告诉他,看见那女人被人甩了,日子很苦。他的目光湿了起来,望望银铃婶,嘴唇却没有声音。

银铃婶从箱里摸出一叠钱给他,叫他去远方看看。他就上路了。

他对银铃婶说:看看就回来的。

银铃婶点着头。

在水一方

两幢木屋在两边岸上隔河相望。

小时候他常泅水过河跟她一起玩，和她把一棵结果子的树，栽在门前，相视着笑了很久。

她长成大姑娘了，父母给她招了个上门女婿。他哭了很久，不再过河了。

他远远望着那棵树，一年年开花结果。她在对岸叫，他不肯过河去，没有吃到果子。

每次她和丈夫和孩子在树下欢笑，他就转过身流泪，不敢望那棵树。后来——

他撑一挂竹筏出山去了。

只有河水在两岸之间流着……

最后一个出嫁的姑娘

她在黄昏的河边朝对岸望。

炊烟从山台的木屋上升起，她想呼唤一个男人的名字，却不敢发出声音——这山太高太大，回声很响，她害怕。

她常常一个人到这河边来，为了叫这个名字的男人，村里同年龄的姐妹中，她成了最后一个出嫁的姑娘。但她总是喊不出声音。

野百合花开了，她要嫁到很远的地方去了。最后一次来到河边，望着对面，还是喊不出那个男人的名字。

她流泪了。

那个男人一直不知道。

（选自《散文诗报》）

李智红

李智红（1963— ），彝族，云南永平人。已出版《云南高原的嗓门和手势》《花开的声音》等9部。

睡美人

1

五百里滇池涛声依旧，白帆渔火依旧。只是那个生于碧水长于火焰的女子，那个龙的妹妹，鱼的精灵，已经酣然睡去，睡去。

三千年的晨钟发送暮鼓，惊不醒你一帘漫长的幽梦。

在那水墨画般的意境中，美人，你睡去，睡去，睡成一根永不凋谢的琴弦，睡成一泓起伏流畅的春色，睡成一朵黑玫瑰的柔姿。

睡成一袭玉质的空灵。

你垂满松枝和雨露的长发，飘满十二月或疏朗或沉郁的天空。

飘满我梦寐穿越的屏障与丛林。

翻阅遍滇池的万千活水，总有你秀绝三迤的容颜，春汛般让人心花怒放。

2

望断山岚和归巢的倦鸟，你处女般迷人的剪影，使所有我们曾经遭遇到的黄昏，总显得意味深长。

丹青舒卷，芳菲的水墨禅意溟蒙。

我也将在斯时斯夜，铺张开净水般的怀抱，等待你一记久远的清钟，穿透我的肺腑，穿透我一半是净水一半是火焰的灵魂。

愿我弱小纤瘦的光芒，洞穿你翡翠的窗户。

愿我虔诚的泪水，淋漓你旱象环生的城池。

请把你所有的门扉，敞开。

我将抖落全部的尘埃，抛弃所有的桂冠与荣耀，赤裸着，走进你开阔的视野。

走进你长满三春杨柳九夏芙蓉的伊甸园。

走进你的篱笆，你的网眼。

走进你永不冬天的梦之谷。

走进你宏伟壮阔的竞技场。

3

你美丽的眼眸，曾经让那些流浪远方的歌者，一次又一次英雄气短，儿女情长。

即使是一块僵硬的顽石，一旦投入你温馨的怀抱，便会孵化成银花火树。或者在春天永驻的城市，翩飞成先声夺人的鸥群。

美人呵，我将选择枫叶飘红的季节，来揭你丹霞翠羽的盖头。我将踏歌一路，圣洁地走向你暮雨朝云的婚床。

你酣睡中的美丽，是一条永生溟蒙的河流。任何一颗微小的涓滴，都足以让我魄散魂飞，冰冻三尺。

任何一剪轻盈的潮汛，都足以让我巨浪滔天，永远难以抵达你白露为霜的彼岸。

美人呵，我坚信，在一个宿命的季节，你终将醒来，并且会让永恒的春天，在天上人间驻足。

（选自《2017世界华文散文诗年选》）

周庆荣

周庆荣(1963—),江苏响水人,现居北京。出版散文诗集《有理想的人》等10余部。

我的爱情

你不安静地在某一个方位出没。

你弹出一指流星,落下,我成为草原上孤独的篝火。

不需要把场景放得那么遥远,我常常固守苍茫。我的爱总是大于爱情,浪漫早已是忧郁的怀念。在这个稍显寒冷的冬季,我看到落叶翻了一个筋斗,它们和泥土待在了一起。

我的灵魂真的像闲云野鹤,但我心思缜密。我记住每一个黄昏晚霞的瑰丽,所有绯红的面颊一定是记忆里的传奇。天涯和海角都是漫漫长路,什么样的旅行能比得上我临窗而坐?

在时光之上。

我的爱大于爱情,我的爱情啊,它尘埃落定。

给　你

冷中的人,你要相信。

有一个人，他虽在别处静静地孤独，他想温暖你。

被挤压的人，在空间之外，有一个人他一边看天空，一边把世界给你。灰尘，或者别的，如果抑郁，想一想葵花，它忘记日子里的黑，专注着光明。

没有去处，我们的躯体是灵魂最好的房子，青砖做墙，红瓦为顶，理想在上。挡住所有的寒霜，暴雨肆虐，我们的血液是自己的温泉。

如果你是世间最无助的人，不要紧，我的目光坚定，不忽视一张脸的疲惫，可以暂时浑浊，我在，愿意放弃一切俗世的快乐，与你高尚，与你知音。

给你，我的同胞。

所有的苦难让风吹走，一起不畏强权，不畏暴力，不需要流血，让纯真的信念永远美好。

给你，全部的美好。

（选自《西部》2012 年第 11 期）

韩新东

韩新东（1963— ），原籍山东海阳，现居安徽合肥。著有诗集3部。

我是一条鱼

谁也无法解释你为什么要住在河的上游你竟住在河的上游。这是一条诞生悲剧的河。而为了爱你我别无选择只有永远逆流而上。迎面扑来的激流会把我撞回原处，陡峭的河床如断裂的台阶使我无法走向你。而我依然要逆流而上游向你。

你住在河的上游你就住在河的上游。我日夜不停地游向你，在流动的河水里我却有着一种干渴，因为见不到你而干渴，相思已经成为另一条河流。也许我永远也游不到你身边，但我的相思会如期而至。

在柔软的阻力中穿过无数个日子游向你。在游向你的途中河床干涸了干涸了。我无水可游。在干涸的河床里日子已经把我晾晒成一条干鱼。即使成为一条干鱼，只要耳边又轻轻泛起哗哗的水声，我就又会顺着相思之河游向你我别无选择。

游向你。

（选自《诗刊》1988年第5期）

围拢这小小的火炉

围住这小小的火炉围住我们曾被贫困包围的日子，寒冷就从这屋子里全部退去。温暖的阳光就像我们生死与共的亲人，面露慈祥，俯视着我们。我们不知所措地使劲搓搓手，让阳光的爱意流遍十指。

这时，我们狭窄的屋子里，除了明亮的灯光之外，就是你聚集着全部情爱的眼睛，这眼睛比灯光明亮这眼睛会送我走；

很远很远，很黑很黑的路；就是这双眼睛将我迷失的心领回家，就是这双眼睛，让今后的我彻身温暖。

哦，小惠。围住这小小的火炉，添上一把一把的干柴，让我们之间不尽的爱，一直燃烧下去。

再添一把柴吧！小惠。

一切都好了

小惠，现在一切都好了。那些黑乌鸦已经飞去，黑翅膀遮住的蓝天，又一次显现它仁爱的光芒。苦难与不幸过去了，它们就像暂时来到我们头顶之上的一片乌云，或者一双可憎的黑翅。耐心和坚韧会告诉我们很多哲理。

当第一只幸福的小鸟，用它的轻歌唤醒我们，我就深情地告诉你：清苦的日子我们不怕，金钱的光芒远离我们。我们知道自己更需要什么。我拍拍你的肩，将我目光包容的一切美妙含意倾泻给你。面包会有的，一切都会有的。你相信了我。

你给了我最崇高的财产。我也给了你。这就是发生在我们之间生死不渝的爱情，它曾经照亮那些沉重的苦与难。

现在，小惠，让我再以成熟的大手，拍拍你瘦小的肩，并且附在你的耳边，把整个世界都许诺给你。

（选自《海鸥》）

李　需

李需(1963—　),山西芮城人。著有散文诗集《站在远方眺望》《屋顶的月光》等4部。

老船夫

船在遥远的土红色的霞羽纷飞的河流里飘着。河面无风。一个人内心婆娑的呼唤,无着无落。

两岸青山,没有猿啼。

三十八年前的那位疯女人,还是那么柔软。她的歌唱,有一点凄清,旷远。

迷蒙着他的日子和岁月。

船,终于泊在岸边。船,已经很破了。在这条河上,像秋风吹落的最后一片枯叶。

他,人也很老了。头发花白,胡须花白。

可他,还在等!

那位疯女人,仍在岸边的一块青石上,站着。

黄昏落下,鸦羽隐没。

古老的船舱,已不见他的身影。一个人将他的黑融入更浓的黑里。

旱烟锅里吐出的那一点星火，也已在时间之外。

虫声骤起。冰凉。粒雪一样，丝丝入心。

远远处，那位疯女人的歌声，仍没退去。

河对岸传来说话声

河面宽宽的，无风也无浪。对岸的瓜庵，已入梦；阳光和垂柳已入梦；童年捉知了的林子已入梦。

少年维特的心思，空空地萦绕！

听翠鸟的啼鸣，翠鸟已敛拢了歌喉；听水流的波涌，水流已经凝固。

少年，一人仰躺着，却难以入眠。纷繁的思绪，像天空那朵白云；唯一的光亮，不着边际。那稀疏的、软软的绒毛，在他的下颏，伸展着奇妙的幻觉。湿润的唇在抖动！

这时候起风了。

河对岸的说话声，顺着水波传过来。突兀的，微妙的。

少年的心一点一点豁亮起来。

阳光在渗入、渗入……

懵懂的少年，泪光莹莹！

（选自《乡土》，北京燕山出版社，2016 年）

李晓梅

李晓梅(1963—),女,本名李小梅,祖籍山东昌邑,现居山东日照。著有诗集《最后一朵玫瑰》《李晓梅诗集》《李晓梅诗选》。

我也在春天出嫁
——给我早嫁的同学

春花,那一个湿漉漉的早晨,你出嫁了,山坡上目送你的小草都垂下了红红黄黄的伞,在想着心事。

那天我身边的座位空了,不知谁说了一句:她出嫁了。班上的女孩子的脸都红了。

春花你为什么要嫁人呢!昨天我还想责问你,今天我也要出嫁了……

可为什么我总想哭呢?可心中又甜又酸流出来的不是泪啊。好好用当年姥姥送她的话送我:哪有不败的花,哪有不嫁的女……

春花,就在我用那块红绸擦泪的时候,你那才做了爸爸的丈夫来了,他送来了你给我的嫁妆:两棵绿油油的果树苗。

春花,我不用他来接我了,我用我的红盖头包着你给我的嫁妆去我的新家了。我不再像花一样留恋那短暂的春天了。我们会年年开花，年年结果的，我们是那永远年轻美丽的树啊！

同夕阳一道离开山岗

不再是百灵般的少女了，锄把上挑的不再是她的草帽、你的花冠，白褂子上他的汗正随你的脚步，滴入了那干裂了的黑水罐。

同夕阳一道离开山岗，默默地用沉沉的身影抚摸他深深的脚印。就这样离去吗？若是汗水再杀痛他的眼睛，若是疲惫再粘住他的犁，若是……

脚下的泥土已碾得很细很细，却还未转过身去，还有孩子啊，像他也像你，还是回去吧，儿子下雨他会阴天的，你是太阳啊，去吧，无论在哪你都是太阳。

轻盈地走着，品那唇边的野菊，苦涩中流溢着泉水般不绝的清香。推开你插满山花的柴门，一手将乳汁挤给孩子，一手将同样洁白香甜的炊烟为他袅袅升起，惦念着，他归来时，能否踏上这轻柔的云。

有这样一个黄昏

他对你说过，这黄昏是从夕阳里流出来的。

于是，每当这时你倚着锄柄在田垄上遥望，你也说不清自己随着那淡淡的夕阳的余晖流到了何方。

你爱黄昏，可你不像爹爹是因为天凉了好多干些活儿。你愿每天在山路上看你们在小草和野花的拥簇下不时碰撞的身影，你愿天天听他那一句句像路旁突兀的山石般，不知从哪冒出来的直要撞人的诗句，这诗句，让你晚上睡不好觉呢！

你扛起锄头，该下山了。忍了好久还是回身寻望，你看到，在那金色的山岗，沉甸甸的希望稳稳地坐在一个“凹”字里，他扶着犁挥鞭的那一刹竟消失在夕阳里。你扔掉锄头正要朝他奔去，在夕阳的另一端他又高高地举起了鞭。

啊！他穿行在太阳之中，他在耕耘着太阳。

该怎样告诉他，有这样一个黄昏！

（选自《黄河诗报》）

栾承舟

栾承舟(1963—),山东即墨人。出版小说集、散文集、散文诗集8部,其中2部合集。

海女夜浴

一朵欢呼,自你白玉为岸的唇角滑落,披散为血色黄昏,思想之翼伸展,然后,于金波中仰泳。

云的影子,光的影子,垂下为瀑,为歌,在海之波峰上旋舞。车子们轻吻路面,与圆月的霰雪、与海滨玉兰花的清芬一起,萦绕你,萦绕你如月光之浴。

听不见机器的声响,和马六甲海峡醉戾的风暴,今夜,你的思念,亦如赤道线上滚烫的热潮,灼伤他舷窗前无言的伫立了。

翱翔的红嘴鸥,倦了,收起矫捷和果敢,归去。

有着蓝尾巴的星星,用它柔和的手指,弹拨你,弹拨你如月之娴熟,抒情。

一切,都潜入树林,变幻为楼梯间缕缕的笑语了。海角,安全,僻静。

于是,你走出工间,像鸟雀一样舒展四肢,选择野草般洁白的自由。

打开关闭许久的思念，打开一个女人的宝贵胸襟，你，潜入夜，潜入月之碧波，洗浴。

洗浴一个女人对于丈夫远航的思念。

是一条美人鱼吗？抑或是在装修了黑色金丝绒的浪之舞池，作翩跹之舞？

你，曾是像战士坚守阵地一样坚守自己的，然而今夜，在帆之昂扬和柔情波动的眼神之中，你，舒展划行。

水波如鱼，触抚你的感觉，一种令人心悸的感觉直潜入内心深处，然后，又徐徐回旋以致翘颤。你，倏忽对自己往日的行为准则产生了怀疑。

就在这生长了朦胧，不见露珠之凉的月下，一个海女，打开了自己的许多意念，仰泳，继而掬起月之海波，冲洗尘世，冲洗着自己……

（选自《散文诗》1995 年第 1 期）

火车司机的妻子

十二月的夜晚很可爱。布满星星的天边，一株耀眼的月亮树，照耀你们。他在夜间行走。

两个孩子在新鲜呢喃。窗子开着，一缕风进去，然后关闭。火车已去远。西部正在盛开火热。夜的丑恶的意识里，灵与肉的音乐，窜出老远，去夜的深处没有回头。

握紧岁月和他干净的手，你把自己的勇敢给他，热情给他，让他去西部，放心做个勇敢的火车司机。

因此，你更需要作出牺牲。

瞅准了这个时候，你心中的魔鬼来敲门了。

窗外，树已复活，变得粗暴，吼叫着。风雪纠缠，摩擦，推出块块寒冷塞满街道，清醒你的感觉。

但你心中的魔鬼来敲门了，它是瞅准了这个时辰。

露出满脸镇静的表情，你，伏在夜的窗口、夜的耳边倾听。瘦小的沉默如蛇一样柔软，抵抗着诱惑、寒冷和风暴。

门，关得很紧。

走出去，将有新的风暴滋生，你知道，那感觉，很美。

但你还是打灭了灯光，啪的一声，打灭了窗里窗外的一切隐秘。

今夜，一轮新的辉煌产生。

（选自《中国铁路文艺》2008 年第 1 期）

眺望远山

——《遭遇激情》之一

黑翅膀的夜鸟莅临这座城市的时候，你，将排满疲累的一天冲成一杯黑咖啡，端起来，啜饮。

只是，你没有想到，今夜，会在七点钟的黑花瓣上，在蓝梦咖啡屋斑斓的优雅里，遭遇激情。他，走过二十年的空间，一步步走上楼梯，走来，刹那间，无数青春的欢乐准确进驻了你的内心。梦之叶片快乐的翘颤中，童贞深处的无字歌，便如昂扬的三角帆，在心之海上颤动。

那时，在远山，忧郁的风和他萨克斯的音乐之河，是你的岛，是情人的手抚摸你无言的苦痛和孤独，于是，你飘香的十九岁便如流浪的鸟找到了可栖的巢。而这一切，正是你记忆中弥足珍贵的东西。

因而，不容忘记。

只是今夜，你，于他依然瘦削的漫不经意中，点燃了情欲之外理性的烛火在心之一隅，袅袅地照亮若干年前一个秋天的初夜，那里有两个插队的知青，一男一女，他们种着两棵树，一棵叫作贫穷，一棵叫作幸福，一只金色的小鸟在头顶鸣唱。而这一切，该是怎么也无法忘怀的东西。

善良进入你的灵魂并最终生发出你对人生黄金般的坚贞，现在，在你的身周，无数情人在光和感觉的迷离中以无声的动作作深情的相吻，如花鸟闭上眼睛，呼吸彼此的气息。

而你，只是面对着今晚，将往事坐成一团舒展的白雾，然后，裹紧自己。

今夜，你，遭遇了激情，但你只是点燃了一支红烛在记忆深处，任汹涌的往事之波在胸中激荡，冲撞……

（选自《青岛日报》1999年7月23日）

蔡兴乐

蔡兴乐(1963—),安徽肥东人。作品见诸《人民日报》《解放军报》《诗刊》《星星》等报刊,入选多种选本。

长了翅膀的花骨朵

我把每一只蝴蝶,都看作是长了翅膀的花骨朵,可哪一朵会飞抵你的枝头;我把每一个雁阵,都看作是写在蓝天上的诗行,可哪一首是写给我的情书?

是谁悄悄牵走了我的木马,是谁偷偷摘去了你的青梅……曾经互换过各自的生辰八字,曾经献出过甜蜜的初吻,面对一张单纯而无邪的白纸,不忍心再写下爱的文字。

其实,在美丽的分水岭,在这人间的四月天,每一刻注定都是良辰美景。剩下的,只是能够与你拜过天地,共剪红烛。然后,从天荒一路走到地老……

做一只幸福的米虫

你说你是米缸里的一粒稻米,新鲜饱满而又充满朝气。如果做不成与你一样的晶莹,一样的富含营养,请允许我做缸里的一只米虫。

这样我们就能在一处蜗居里，过着自己的小日子。在分水岭同一个屋檐下朝夕相处，成前世修来的一对欢喜冤家。

要不，就换你做那一只米虫。我是一粒产自分水岭的稻米，单纯质朴而又心地善良。我们一起玩捉迷藏，一起做过家家的小游戏。

或者，玩累了，你头枕着我睡一觉，或者，玩饿了，你狠狠咬我一口，我会把钻心的疼痛藏入骨髓，绝不会对你叫出半点声来。

女孩的乳名叫豌豆

在故乡分水岭，有许多女孩的乳名叫豌豆。

一株小巧的豌豆，水灵的豌豆，总是在岭坡下的南风里，婀娜着她们那柔软的身子骨。隔着阵阵似有若无的暗香，每每有谁在轻轻呼唤：豌豆，豌豆——唤来一群蝴蝶，自豌豆地头飞过来，风情万种。

在故乡分水岭，每一缕风都是干净的。

就像我那些分行的文字，以及字里行间的小小牵挂，明亮而又有着正常的体温。就像一个乳名叫豌豆的邻家妹妹，总是在我异乡的梦里，把一朵一朵忧伤的花儿，紫紫地开着。

（选自《分水岭文学》2017 年第 1 期）

范恪劼

范恪劼(1963—),河南南阳人。散文诗、诗歌、散文作品散见于报刊及年度选本。

有杯红,12度的等待

一抹高贵红细微荡漾。暗香透骨,眸子流光。

故事在故事的结构内山呼海啸无以名状。

杯浅情长呵。

还是绕过夜光之杯,绕过一路偶遇与必然的千山万水。在勾魂摄魄的最后一寸,乘汉代西泊而来的一枚词语,且度三千年云宇一万里雾霭。能不能,玉树临风赶上粉妆玉琢,在尘世的琉璃球面“金花纸写清平词”?

是葡萄!这草龙之珠,日曦夕霞镀上最初的圣洁,月辉清露凝缩最后的纯粹。谁的心事,续脉边缘的霜雪而抵达窖藏的醇和;谁的钟情,攀援凌霄的芳心而揉入一场刻骨的供奉?等待早已在最好的年份,栽培、修剪、棒条、采摘、清洗、发酵、榨汁。熟成一个滚圆的饱满,埋下一次旷世的启封。

日月精华,淳甘抱紧馥馥,需肝胆如雪才能映照方死方生的山高水长;

天地灵气，旖旎共舞缱绻，要声气相投才能对接灵犀在心的美轮美奂。

寂寞是甜的，为有所待；至味是甘的，为有所怀；杯酒人生，啧咂品尝中，谁舌尖溶化了纷纷萦萦，谁在喉间滑下了淅淅沥沥，谁又从品种与产地、肥瘦与冷暖、长短与粗细中，酸甜入腑，箴言悟醒？

高脚杯擎握于这一刻的中心。

万物退场。

绵长有绵长的悠远，空蒙有空蒙的瑰丽。

神秘在奥妙中且沉且浮，一只夜莺迷乱了前尘的悸动，一只蝴蝶纷飞起后世的春光。韵律取宋词，节拍十四行。写意唇边，一杯酹江月，另一杯不是愁肠还是愁肠到底婉约还是豪放且任它心洲沟渠纵横不辜负这眉前馥郁，此在荣光。

有一抹红。

12 度等待你。

深爱飞腾于柔情之觞，心瓣盛开于知会之光，守望含咏于芝兰之岸。而灵魂，在微醺中红宝石璀璨月婵娟恒远。

（选自《奔流》2017 年第 6 期）

封期任

封期任（1963— ），贵州贞丰人。著有诗集《苦楝花开》、散文诗集《舞蹈的灵魂》。

你的轻叹，如我！

转身而去的人，总被风吹散在黄昏的余晖里，吹散在日渐浓厚的暮色中。

想起的，并不是因为你的转身，并不是爱情的拐角处，有一道印记在心里。

而是，在某个孤寂的夜晚，那个游离的灵魂，总会在夜莺的啁啾中，把你想起。

啾栖鸟过。

总希望那一阵骤然而起的夜风，带来你在远方的一声轻叹。

如我！

我的心跳，如你！

你来了，在我思念的轻叹里。

你的脚步，随风，扣动我的窗扉。

你如兰的呼吸，轻轻地，叩击我的耳鼓。

你来了，阳光便来了，窗外的花草，也来了。引来一场清凉的雨水，淋湿浮躁的尘世，和我焦渴的心地。

我随性地抓一把草籽，播撒在你的跫音里。

那些知性的小花、小草，便萌发爱情的芽孢。那些知性的虫鸟、蜂蝶，便亮开嗓子，在敞亮的鸣叫里，把你曾经的转身，写成一些分行，或不分行的文字。

这样的时候，我的心，雀跃不已。

如你！

（选自《如皋日报》）

楚　楚

楚楚(1964—　),女,山东荣成人。已出版散文集、散文诗集多部。

秋天是一只也许的手

也许采薇——在《诗经》。

也许画眉——在汉宫。

再也许,就是从《钗头凤》里,以温柔的节奏,款款伸过来的那一只——红酥手?

错。错。错! 莫。莫。莫! 秋天是薄得只有一层的季节,一猜就破。

怎么低头? 落叶满空山,遍地是沾血的凋零,每一踏步都会足下牵情。只好挨着秋天的衣袖坐下,想象自己是姓云的人,在羽扇纶巾的风中,坠落成一件白衣。想象自己是刚从欧阳修残卷中走失的秋声,轻灵如白色羽毛体,只能斜着身子,表达一些柔软的、最柔软的概念。

宋人刚刚写下"何处合成愁,离人心上秋",墨迹未干,秋露就成霜了,总让人惦着风霜中那一只——也许的手。

只为寄出一张带萧瑟意味的红叶,就必须写十四行诗吗? 其实三行就够了:

“也许我会忘记，也许会更想你，也许已没有也许。”

最后一笔激情

看是飘落，不是飘落，是一段缠缠绵绵的牵挂。

真想为你好好活着，但我疲惫已极。在我生命终结前，你没有抵达。只为最后看你一眼，我才飘落在这里。

千年万年，我会整天含着泪水等在这里。每一个时刻，都可能是你将来临的最后一个时刻，我不敢离去。若能深深爱过一次再别离，我便欣然坠地，腐化为泥。

你从来不知道我是谁，但你永恒地拥有我。

一步之遥，隔绝了一个一辈子不能对你说出的渴望。思想无罪，终我一生以沉默相许。爱是什么？它是这网上小小的扣儿，一个衔着一个，无始无终——

等你，让我清瘦，让我憔悴，让我死去活来，让我在枯萎和褪色里，把痴情走成千古绝唱……

（选自《给梦一把梯子》，河南人民出版社，1999 年）

李轻松

李轻松(1964—),女,辽宁锦县人,现居沈阳。出版诗集4部、小说7部、影视剧作品多部。

致皮娜·鲍什

一、咖啡馆

我注视过你的面容与形体,几乎都是在你已然衰老之时。

我喜欢你那骨感的身体里爆发出来的巨大能量,也喜欢你那苍老的皱纹里蕴含的无限光阴。

你把戏剧的形式植入了你的舞蹈,你说过,你从不关心如何起舞,而是关心为何起舞。

咖啡馆里的童年,是梦幻中的景象又是现实中的割裂,有时它是你的囚笼,有时它也是你的世外桃源。

咖啡馆几乎就是你的人生自传,是表现你与这个世界既融合又对立的现场,既真实又充满戏剧性。

你要表现的是一个女性与这个相对封闭的空间里与这个世界发生的种种联系。

越是封闭的地方就越是具有想象的空间!

你最先接触到的外部世界,或许就是你通向外部世界的一个途径。

咖啡馆里的桌椅便是你张望世界的道具，它们成了你的窗口，也成了你的障碍。

这几乎就是个悖论。

当你恐惧的时候，那些桌椅就成了你的屏障，在你紧张地观望形形色色的人时，它们又成了你封闭与孤独的守望者。

生活本来就是这样，在司空见惯的地方出现那些司空见惯的人，而且把幕后的人与事物搬到前台。

在你那里，根本就没有幕后，因为当幕后的真实一旦展示于众，便即刻打破了生活与舞台的固有关系，使我们的生活也成为演出，或者说演出就是生活本身。

二、在通向两性的道路上……

那是个杂乱无章的咖啡馆，光线有些昏暗，这一点很纵容那些无声的欲望，使它们得以安静地潜伏着。

咖啡馆里有一张桌子，其余的空间全部被椅子占据。是的，没有空间，什么都被充塞着。

一个女人，一个身穿洁白长裙的女人，你的目光有些暗淡、忧郁，当然还夹杂着一丝的恐惧、焦灼。

你似乎在寻找一个位置，可是你和我一样，注定没有位置。

看到这一点时我相当惊骇，原来我们都是一些没有位置的人。

但你还是义无反顾地往前走去，在我看来，你根本就无路可走，就像这个世界，注定没有给我们保留一条可以通行的路一样。

那么你将如何前行?

令我震动的一幕出现了,在你的眼里,似乎根本就不存在那些塞满的椅子,你目空一切。

我被你的这个姿态迷住了,视有为无,也许就是另一种虚无。

可事实是,那些椅子几乎就等同于荆棘。

你每走一步,都必须付出血的代价。

你没有一句话,却把所有的话都说了,你用你的肢体开始诉说。

当然这肢体的表达并不在于通常意义上的扭曲或舒展,更不在于你的面容如何美丽或曲线如何完美,而在于你用灵魂诉说。

紧闭、舒展、夸张、绝望。

我必须说,我从来没有看过这样的舞蹈,它几乎可以把一个人的心灵搅碎,是用牺牲自己的方式来成全理想。

一个男人站在你的面前,好像一个世界站在你的前面,冰冷、拒绝。

他是一堵墙也是一条无法逾越的河,他是无数的坎坷与幻想。你如何能够到达,能够靠近他?

这几乎是无法实现的梦想,就像我们平时所说的爱情。

然后你开始行动了,你必须在椅子的丛林中杀出一条血路,你必须披荆斩棘。

你无论跳向哪里,那些椅子都闪电一般向两旁倒下,好像一些猝然倒下的人。

有那么一瞬,我感到你是在踩着一些尸体跳舞,你听见了那种凄厉的倒伏声,你看见了那些鲜红的血……

你疼痛、迷惘、寻找、悲痛,一切的一切,都像是一座废墟。

只有你舞着，寻找着，不顾一切地靠近，像一只轻盈的蝴蝶，忽而东忽而西，忽而被风吹走一样。

一个男人或一个世界终于站在你的眼前了，可那并非一处美景，而是一座铜墙铁壁。

你与他拥抱、亲吻，被他摔倒在地。

你爬起来，再次拥抱他，与他亲吻，再次亲吻他，被他摔倒在地。

你慢慢地爬起来，又一次的拥抱、亲吻、倒下。

无数次，你那么坚忍、顽强，站起来拥吻，一次比一次更沉重地倒下……

之后你用自己的血肉之躯猛烈地撞击墙壁，发出那种沉闷的令人心碎的声响。

你的每一次撞击，都用尽了自己的生命。

你没有一点力气了，但是你依然站起来，再次向那冰冷的墙壁撞去，那切肤的痛苦被她渲染得淋漓尽致。

你没有像我期望的那样，表达爱情的美景，而是表达孤独与束缚，强烈的挫败感与无望的搏斗相交织，那是一场灵与肉的惨痛记忆。

注：皮娜·鲍什是德国最著名的现代舞编导家，欧洲艺术界影响深远的“舞蹈剧场”确立者、被誉为“德国现代舞第一夫人”。2009 年 6 月 30 日因癌症去世，终年 68 岁。

（选自《星星》诗刊）

邵纯生

邵纯生(1964—),山东高密人。出版诗集《纯生诗选》《低缓的诉说》。

看一部心仪女人主演的电影

影片放到此时,我心仪的女人终于出场。这个涂着桃红色唇膏的女人,丰胸细腰,戴着麂皮手套。她坐在白色皮椅上,搅动着一杯加过黄糖的咖啡,漫不经心地看完一张纸条,然后用火柴点燃纸条和细长的香烟,吐出一丝烟缕。

我坐在客厅的褐色沙发上,惊叹这个女人的一手绝活,她的眉毛,眼睛,挺直的鼻梁和讲究的发型。这无可挑剔的容颜与精明,假如不是因为心中的信仰,完全可以去任何公司胜任白领。

在我走神的片刻,她留下一张小额钞票,起身,优雅地消失在人群里。但危险还是出现了——敌人从灰烬中获取了下一个接头地点。我骤然喉咙发紧,心往下沉,忍不住大声喊:快跑,别再去码头,那里已张开大网,等待捕获一只金丝鸟。回家做几天全职太太吧,避过这阵风头,再出来革命。

她听不见我的话。一番蒙太奇后,依旧亮相在一艘豪华轮船的甲板上,并几乎与我同时发现了暗藏在舷窗后头的枪口。我下沉的心突然反弹回喉咙。我不敢目睹接下来出现的画面，快步躲到阳台上。三分钟后，我没有听见就义的呐喊，只听见客厅里响起远去的汽笛声。

等我重新返回电视前的时候，只剩下一副美图定格在屏幕上：海水托着一抹夕阳，字幕流动，依次飘过导演、摄影和制片，比音乐还长的演职员表中，我只记住了女主角的名字——瑞典人，好莱坞演员，英格丽·褒曼——我心仪的女人从此不知去了何方。

芳　邻

这位新邻居搬过来的时候，我曾与她在楼梯拐角处见过一面，似乎还朝我笑了笑，很好看。

三个礼拜过去了，再也没有见过她出现。她好像是个独身女人，好像总关在家里从不出门，好像比没人住的时候还要安静，哪怕咳嗽，打嗝，搬动椅子，冲刷马桶，什么声音都没有。我愈加好奇，一个美丽时尚、讲究保养的人，一个白领女人，怎么会整天闭门不出，并且不发出一点动静？

这事情让我焦躁不安，费心劳神，想得头疼：邻居，单身女人，浅浅的笑靥，意味深长的眼神……我似乎心有所动——友情，恋情，性，我被打动了哪一根神经？我无法给出自己满意的答复，一切猜测都有破绽，难以自圆其说。这样下去就快要疯了，我要到街上走走，听听噪音，看看风景，呼吸一口有人味的浊气，或者没有人味的雾霭……

突然，响起一阵轻轻的敲门声，我伸手拉开房门，只见女邻居立在门边，笑意盈盈地问我：从搬过来就没听见这边的动静，不知道是不是有人……

（选自《低缓的诉说》）

周蓬桦

周蓬桦(1964—),山东聊城人。著有散文诗集3部,散文集4部,长篇小说及中短篇小说若干。

今夜的大地

听呵麦儿,今夜的大地多么寂静,仿佛什么声音都消失了,枯草下的泉水,不再流淌。

只有远处,一辆哭泣的小火车,在大口大口地喘气。就要返青的麦田,躲在黑暗中的小地鼠,它们什么也不说,一个个地,侧耳谛听着,从附近的村庄里,传来阵阵凄凉的狗吠声。

像往常一样,我拉起你的手,穿过菜地,田野上布满了,大片黑黑的色块。你说奇怪不奇怪,那我们共同热爱的月光,却没有出现在荒凉的山岗。

透过泪水,我看到有一颗硕大的星星,挂在天上。这时起风了,它歪歪斜斜地,被刮下来,径直落入,你美丽的眼睛。于是,你小声地说:

"哦,离星星最近的,是我的眼睛,我的眼睛……"

我没有说话,默默地把你,拉入怀中。明天或者后天,飞往南方的鸟啊,我的爱人,你就要远远地走了,一根命运的鞭子,抽打在你的身上,却疼痛在我的心上。

哦，我不知道，这一别要等到什么时候，才能重逢。

什么时候我的手，不再握紧一缕冰凉的空气，把牙齿咬碎，咽进肚里，把苦水熬制的日子，一遍遍过完；什么时候，我停止诉说，不再将牵挂与哀怨，传递给远方的话筒；我饱经沧桑的脸啊，在春天明亮的阵雨中，任两行泪水停留在面颊上，一动不动。

去年的积雪

屋外的田野上，突然出现一片，白茫茫的东西，它在黑夜里，闪耀着奇特的光芒。

风啊，远远地刮过来，好像在有意捉弄我似的，把它吹出呜呜的声响。顿时，我的心滚过一阵战栗，如第一声春雷降落到河岸上，那一株高高的白杨树，由于承受不住喜悦和痛苦，而将躯体断为两截。

动物们吓坏了，吱吱叫着，躲进了温暖的洞穴。

你知道的麦儿，咱们的那幢小屋，它像一位年迈的老人拄着拐杖，伫立在荒郊野外，已经变得很凉很凉。我不回去，一个人站在风中，默默地想你。冬天的那一场大雪啊，是怎样被我们赶走的？我们把所有的木柴送给了一位好心的老妇人，说我们俩年轻，有足够的力气抵御肆虐的严寒。

我们在雪地里奔走，一边跺着脚，大声地唱歌。有一夜我们居然和那只可怜的小地鼠一道，就在雪中盖着树叶睡眠。半夜里，雪化光了，在我们紧握的手里，只剩下了两颗心灵。

哦，亲爱的，我就这样整夜整夜地站在屋外的风里，一支接一支地抽烟。望着一缕缕思念的火星，飞远直至最后熄灭。

我惧怕那片去年的积雪，又担心它是人们随手丢弃的白纸。

（选自《月光下的马》）

美丽的红罂粟

你是从遥远的冬天朝我跑来的吗？寒风吹打着憔悴的面颊。

——姑娘呀，你原本是一只受惊的鸟，肩头上挤满了往日的霜雪。

哦，你的红头巾呢，你的花手帕呢，你的月亮和童话呢，你的热烈如火的夏天呢？

望着你，我如一尊冰雕久久呆立。

这时，春天的歌开始嘤嘤地降落，暖暖的溪从远方流来，将我融化为一片开阔的原野，上面长满了鲜灵灵的荠菜和绿草，而你在浅绿色的微风里，也燃成一串美丽的红罂粟。

终于，你激动地扑倒在田塍上亲吻了，喃喃地诉说着那过去了的一个又一个甜蜜、辛酸而不安的日子，大滴大滴的泪水不住地流啊流啊。

我轻轻地将你扶起，将你扶起，轻轻地对你说："我爱你。"

走吧，不要忧伤，沿着那条铺花的小路，去染红每一块生根发芽的土地……

（选自《海鸥》）

崔国发

崔国发（1964— ），祖籍安徽桐城，出生于安徽望江，现居铜陵。出版散文诗集《黎明的铜镜》、诗论集《审美定性与精神镜像》等。

在一棵花树下株守爱情

独坐在一棵花树下，株守爱情。我怕我的瞳孔里，走失了你青春的倩影。

怎么使我相信，这不是花开的声音？我依然在倾听，倾听从前那横在你唇边的绿色的心音。

我的爱人，现在你应该走过来，不要让我等得太久。在花树之下，你要进入一种心情，用你那双明净的眼睛望着我，用你那沾着春色的笑容对着我。你不是不知道，我的心太容易破碎，太容易悲悯。只要你来到我的身边，只要看见你开心的样子，我就高兴，就能保持一份静美的心境。

难诉衷情。在花树下爱你，吹一些纯情的微风打动你，写一本爱情诗历送给你，在别人忽视的花树下，倾注我全部的爱情。

等，是一种美。等的第一秒钟，内心都充满着幸福的憧憬。哦，爱人，何不插上天使之翅，由远及近，消释我深处的最初的悬念，离心灵更近，成万种风情！

（选自《文友》1995 年第 11 期）

蒹　葭

蒹葭苍苍，在远古的诗经里演绎成爱情的形象。

斑驳的阳光，洒下迷离的清辉。在水一方，距离产生了美，守望美丽，我无法说清，伊人何以如此执着，在风中生长，时间的永恒与潮湿的梦想。

一种母性的轻盈。不善言辞的蒹葭，把心语匿藏在灵魂的深处，让爱她的人，去寻找唯一的答案。

穿过秋色，追逐与眷恋，她窈窕的腰身和白皙的额项。

洁净如洗的蒹葭，踩出一阵阵水韵，耀闪或者波动，妩媚成一段段柔情的风流。

水鸟翩飞，滑过岁月的水面，风已剪断空中的絮语，一种神圣的沐浴，传达着一句句真诚的语词。

摇响一河秋光，情意犹在。哦，飞过去吧，何时能栖居在伊的高枝上，凌一苇之茫然？

（选自《散文诗世界》2008 年第 4 期）

风中的红纱巾

灵感的飘然一闪。

飘：一条红纱巾，在烂漫的光照中，加快了风的语速。

不啻是一种诱惑。

不啻是一种迷恋与热情。

在高地上，飘过头顶的，红纱巾的风影，抖动着，
一面轻盈的旗语，
仿佛是无声的燃烧，一束夺目的火炬。
她在我的眼中，会一飘而逝吗？
真想伸手紧紧抓住，却又是，可望而难以企及，
我也不知道，怎样才能接近她的欢愉。

春色浸入：一条不褪色的红纱巾，长长地飘着，

柔软的丝缕，说不清从什么时候起，她向我深情地呼唤与纯真地指引，

我唯有苦苦地追寻，唯有倾力以赴——

那风中的火焰，那像火苗一样闪耀的，是一脉血液搏动的颜色吗？

红纱巾的飘举。血红血红的点染，她的血色与温度，灼热，发烫，活色生香，

或者，悄悄地滑过岁月的脸庞，

我从来没有如此地投入与专注，在轻柔的光芒里，用她的鲜艳拭去，

时光的重重迷雾，并且告诉所有的人，

一颗追求的心，属于美丽的纱巾，属于柔曼的翅膀上的那一片红。

红纱巾的飘飘:她那么轻地,那么温情地,飘来飘去。

飘飘的红纱巾,在风中绵绵私语,

我突然觉得,她是不是在向我炯炯有神地传达着,爱的祝福?

（选自《海南农垦报》2014 年 11 月 5 日）

许泽夫

许泽夫(1964—),安徽肥东人。著有诗集《深沉的男中音》、散文诗集《断弦之韵》《牧人吟》及长篇小说《信仰》等10部。

你就是我苦苦寻找的那个红

黎明时分,看到东方的那抹红,我就想起你。

冬去春来,看到大地上满目的红花,我就想起你。

红红的窗花,红红的五福……我就想起你。

红红的脸庞,红红的火焰……我就想起你。

红红的肚兜红红的玫瑰红红的高粱红红的火烧云红红的相思豆红红的泪眼睛……我就想起你。

一个叫红的女孩,让我苦苦寻觅苦苦等待半个世纪。红,我只想找到你,亲口跟你道一句心声,憋在心里的一句,屈在心里的一句。

就一句,哽在喉咙里,一百年咽不下,一千年吐不出。

礼　物

情人节,临街的花店门庭若市。

我盼望着，红，你能给我送朵花吗？

不一定是玫瑰，不一定是百合。

槐花也行，桃花、栀子花都行。

不一定成束，一朵也行。

不送花送草也行。

哪怕一根。

巴根草也行，狗尾巴草也行。

如　果

如果我死了，溺水而死，卧轨而死。

但我不会选择跳楼。途经你的窗户，看到红通通的剪纸和笑吟吟的你，我会后悔。

最好的死法是在梦中与你幽会，接吻而死，窒息而死。

不管怎么个死法，请将我的骨灰埋在你对面那座山岗，栽一棵小树。

秋天到了，我红给你看。

如果你视而不见，我就以一树的红，没日没夜喊你的名字。

（选自《中国诗人》2017 年第 4 期）

许文舟

许文舟(1964—),云南临沧人。出版散文集《在城里遥望故乡》《高原之上》,散文诗集《云南大地》等。

走 婚

把玉镯戴到夜的手上,这就上路。这一段婚姻需要走,路在泸沽湖上,浪尖上的小船在母性的湖面上缠绵。不熄的火塘煮着忧伤的故事,一朵红云飞在少女脸上。秘而不宣的夜里,男人取下一截木头,刻下日子。

一辆老纺车,每一个晚上,都有人纺进千言万语。一个火塘,每次生火,都要烧掉许多信誓旦旦。少女剪出心窗,让月光洗一下苦闷;鲜花枕头,没有初恋的话语柔软。风来偷听,不要紧。住在姑娘房里的少女,巴不得每一只小鸟都知道自己的爱情。

离开的时候,露水其实是少女伤心的泪,一颗接着一颗。毕竟,爱着的人离开一天,就有一天的感伤。走,是摩梭男人的宿命,青松毛撒在地上,成为婚姻的地毯。摩梭少女走出木楞房,就是高山。

文面的女子

美，在阳光照得到的每一块肌肤上。浣洗双手，用银针把鲜花的图案绘在脸上……

爱，就要表达。银针蘸着生活的烟灰，按花朵的形体种下疼痛。文，这个字，经针表述，刻骨铭心。

这是 12 岁独龙女孩必修的课程。清晨，她们用独龙江水净身，再让阳光给心情化妆，这才离开母亲，让族长在脸上描绘美好生活的向往。

美，一经进驻，就到永远。

有些话该交给月色，有些话当留给香囊。一千针，密种心事与羞涩，微微一笑，便都泄露掉前世的恩怨情仇。

聆听仓央嘉措

那么多经卷，都不能描绘出你理想的生活。任何一朵格桑花，都能让你感觉产生落差。

你像不专心听课的孩子，经卷里夹桃花书签，酒杯里赋诗，茶汤中采薇。我捧着你的诗歌，同样不能静下心来。

是那场雪。你拎着自己的影子，据说只有青海湖，能盛下你一大堆难言的心事。

如果活着，你一定像我一样，继续把暗恋的女子写进诗歌，把写得最美的一首放在胸膛。不是怕它寒冷，而是让它从胸膛出发，才能抵达听者的心房。

等身的金，无价的玉，却不能挽回一个灵魂。1706 年那场雪，让一朵花隐遁，让一个诗人疯掉。

（选自《中国工商报》2015 年 4 月 28 日）

阿 斗

阿斗(1964—),本名陈斗书,湖南安化人。作品散见《散文诗》等报刊。

新婚之夜

请不要将红烛吹灭,让她哭泣,哭一个少女的葬礼。

闭上双眼,将婚纱脱下,脱去十八个朦胧的少女梦,脱去十八年包裹得严严实实的秘密。

轻轻地,我用十指铧犁,遍耕你凝脂般的肌肤,将天真与浪漫犁去,播种山一般沉重的爱恋。

从此,你将不再是你。

战抖着扯断脐带,将童贞与羞涩和泪咽进肚里,呻吟中脱胎成美少妇。新婚之夜,炼狱之夜,煅少女的柔嫩成母性的坚毅。

从此,你鲜红的经血与洁白的乳汁,淌成长河,娩日月星辰,哺山川陆地。

从此,你的名字叫——大地。

再也不想走

茫茫黑夜,我向路人打听一个有渔火的村落。

这时，你轻轻地走向我，柔声说：请跟我走——明亮的双眸照亮夜路，闪烁的渔火映照娇躯，玲珑剔透，一串珍珠玛瑙。

走过温柔，走过清秀，走到美人鱼出没的地方，走到你家门口。

叫声妹妹，我再也不想走。

（选自《散文诗》1998年第2期）

庄伟杰

庄伟杰（1964— ），福建闽南人，现定居澳大利亚。出版散文诗集、理论集多部。

一个奇妙的字

一

这个字，或者说这个词，极为神秘极富传奇极具魅力，甚至隐显某种宗教气味。

每个人都有权利享有这个字。因为这个字，令人辗转反侧，常常夜不能寐。

领会。把握。想吃透这个字的内涵，难度尤大，甚至要穷尽一生的精力。

于是，学着反复书写。好像被某种磁力牵引，带着一种美的愿望结构布局，期冀渐入胜境。

就这样，以手指代笔，以心壁为砚，以体内的清澈研墨，甚或饱蘸骨血的温度，铺开大地赤裸的辽阔为纸，投入巨大情感体验尽情挥写。

多想在经意或不经意间写好这个字，多想用尽积蓄的才气和力气把这个字写成极致。

但始终未能尽如人意，有时适得其反，甚至徒劳无功。

得与失、希望与绝望，常常在时间的锅碗瓢盆里摇晃……

二

肉身在火焰上持续蒸发。生命中难以承受之轻，有突如其来的灵光洞穿而过。

或如醍醐灌顶，淋湿体内自由飞翔的双翼。腾挪跌宕。

禅定下来。学会安然平静，学会调动多元的书写方式——

选择用楷体波磔运笔，固然瘦硬刚健，神气充腴，方正庄重，只感觉缺乏一缕浪漫气息；

选择用篆体点线勾勒，如煌煌金文，具金石味道，但现代人大多读不懂，唯有孤芳自赏；

选择用行书笔法，似有二王风规，露出欣然微笑，确实圆润有余，却流于媚俗；

选择用隶书状写，可谓风神可餐，流光泛彩，仿佛整齐排列的竖琴，等候春风协奏；

选择用草意而为，若笔走龙蛇，天马行空，似在向尘世表达心性的自由洒脱，但常常独往独来。

三

读这个字时，像捧读着一颗心；写这个字时，像默写一部《心经》。

写成简体字，分明是草率的，因为看不到藏在内里的心魂；

写成繁体字，心确是在了，但要达到形神兼备，谈何容易？

一切源于心。心，可以容纳一切。心在，一切自然在。

当心在高处，可能是另一种深渊。高不可攀又深不可测。

天启神示。只有圣水沐浴过的手，才能把人间的至爱写上天堂。

世间有情。置身其中，人心是一幅斑驳陆离的抽象画。

为爱涅槃。大爱无垠。

（选自《华文百科》2016 年第 1 期）

蒋登科

蒋登科(1965—),四川巴中人,文学博士,心理学博士后。出版理论著作及散文诗集、散文集等10余种。

等待一个人

茫茫黑夜,雨声淅淅。

等待一个人。

渴望一种心情,静候一种声音。

门敞着。黑洞洞的门口,零星的脚步走过,若飘飘洒洒的雨滴,但都停留在别人的门口,别人的门闭若寒棺。

烛光闪忽,淌着浊泪。心旌缭乱,一起一伏之后,像燃尽的蜡烛,又慢慢熄灭。脚步声过处,一片黯然。

夜已深,犹如洞中寂景。索性步入雨中,忽然有雷声闷闷从远方滚来。静听夜晚哭泣的声音,恰似地狱的乐章。春草低眉,花香散尽,水流成河。走过所有的小径,徘徊所有的回廊,最后伫立在梦的悬崖上,观看半梦半醒的风景。

清醒抑或昏沉,等待的人都不见踪影,只有雨中的残花依然。

也许是昔日的落花带走了那个故事，也许是雨水填平了过往的足迹。忽然想起了俞伯牙的悲哀，钟子期就这样孤独地仙逝。我梦见自己已经死过一次，并且已经很遥远了，坟头草长，不见一缕青烟。

然而，我不是葬花的使者，我甚至不知道烛光的心情为谁而闪耀。等待的那个人也许永远不会出现，只淡淡而悠远地笑着，在梦中，在难改的痴迷里。

烛光渐渐地熄灭了。在梦中等待，在梦中再生。

（选自散文诗集《爱与非爱的空间》，广西民族出版社，1992 年）

水晶花

水晶花(1965—2016),女,本名邓易珍,四川达州人。著有诗集《抱瓦罐的女人》。

七月,银杏与银杏相遇(节选)

1

那是远方的银杏,它在七月的宁国吐出绿色的金属。雄性的叶片如斧子,向天空兜售人间的兵器,永远也出售不完的铁,让那片土地,从此有了硬度。

我是远方的雌株,有饱满的汁液……

(有可能形成内涝)

所以,我高举花粉,数万年,贼心不死。

我有占有之欲。在蜀国,再也不想在自己的领土上刀耕火种。我留下背影,与故乡形成三国鼎立。银杏,谁也别想把我放到盆地的低处。

千里之外,我认定了你。

2

你要制造风——

我要顺风而行。银杏，我俩是有契约的。

这是一场怎样的约会？

我从川字的一撇开始举步，一路穿越前朝的风水。不，我从七月的火焰山上捧出花瓣，绕道曹雪芹笔下的贾府。那些门槛，都老朽成古色古香的诗句。

黛玉注定是历史的弃儿。

银杏，黛玉才是大地的怨女。

3

我急速向你转移。那时，黛玉的画锄已作古，路边的野草懒懒地复活。我含着露水，与你比画着黎明的高度。那时，有人抬出了九枚太阳。

阳光普照啊，我几乎被焚烧。

在林中。收住大声说话的口型，我开始装扮成你的处子。

而内心，卷起千层浪。银杏，那些金属都融化成水了，大风吹来，我是你身旁的雌，你的枝叶随便一抖，我就与你同株。

我的花粉，无处可逃。

4

我走不出你的围城。我是你的猎物，银杏。

我走不出你的宁国。

你灭了我。很久没有醉过一场了。那扇形的嘴唇，那簇簇流动的波光。

那俗气的，表白——

就这样繁衍。一颗又一颗。一排又一排。

一山，又一山。

5

曾经听过风，听过雨，听过马匹驰骋旷野时的嘶鸣。现在，斜阳西下，我倾听你，与你弹奏一曲低音，一曲被晚风撩起后的浅歌。

8

我们有着黄色的染色体，永久不会断代。

你说，子孙繁茂，我们的时光老矣。古老的老字，已不能阐释我们的骨架。

有人赞美千年的铁树，我们的内心，比那铁树更铁。在大地的胸膛，我们经历过冰与火决绝地较量。那是第四季冰川运动，冰在大迁徙，我们捂住疼痛的火焰撤离。

银杏。先祖遗传的酸性体质，导致我们多愁善感。那么，每年金秋十月，我们落叶纷纷。落叶，一定会掩盖母土的伤痕。我们的土地，从此会厚重起来。

（选自《大诗歌·2012卷》）

莫　独

莫独（1965—　），哈尼族，云南绿春人。著有《守望村庄》等 15 种。

赴　约

一滴泪水，暖暖地，掉落到你冰凉的脸上。

搓摸，你感觉到，身子越来越轻，像一片枯叶，随时会被风，轻轻抬走。

取井水的人，刚刚离去。

坐等在诺玛阿美河边的人，吸着长杆烟锅。

是昼，还是夜？

呜咽声低抑。

敲门声那么清晰。

眼前，影影绰绰。

搓摸，你不再固守躯体，扶直恍惚的魂灵，离床、下地，越过黑压压的人群，独自走向门口。

（选自《大沽河》2017 年第 3 期）

丹　菲

丹菲(1966—　),女,山西人,本名王桂红。出版散文诗集多部。

爱情磁场

水和岸的相遇,永远是那么激情澎湃,转瞬即逝,但未必就不会产生爱情。如果它们在相触的一刹那冒出电光石火,我说是来自心底无法抗拒的融合,那爱情就诞生了。玄一点说,是修炼之果,等待之果。

生命的发生依然是宇宙间的一桩悬案,而爱情永远是生命中无法言传的事件。

以上是前提。

名扬四海的大瀑布最早是以宏大的声音进入心灵的,然后就是细碎的水珠亲吻了裸露的肌肤。从俘获心灵到肌肤相亲,也许500米吧。谁能逃离这爱情磁场,强大的不容置疑的力量。一切兴高采烈的言行都是自然的赋予。

我们只是在行走中,狂奔中,空洞的瞭望中,甚而是欣喜的发现中。

虹的出现带来童趣,我们一遍又一遍看,拍照留念,数出经典的七色。虹是太阳真实的影子。拐弯的地方,我回头与瀑布告别，竟然发现虹更大的身躯浮在水面上，它的影子若梦般悬挂在一侧。虹的影子也许是水气这面镜子所为。我惊喜地喊出了“双虹”，一个小男孩跟着喊：“看，两个彩虹！”小男孩也是我的影子吧。我敢肯定，看到双虹的人不会太多，此时，我看到了，小男孩看到了。

其实我是想说，谁进入爱情磁场，谁就接受了爱情的辐射。由此诞生的爱情纯天然纯绿色。我们在世俗的目光里有点离经叛道，我们在神那里，却是乖巧的幸运儿。

携带适度的辐射生活，突然间我幸福地笑了。蓄积的力量是要一丝一丝才能散尽的，那至少要一百年吧。

（选自《散文诗世界》2005 年第 2 期）

爱斐儿

爱斐儿(1966—),女,本名王慧琴,河南许昌人,现居北京。出版诗集《燃烧的冰》,散文诗集《非处方用药》等多部。

柔软的冬季

1

没有比一场松软的积雪更好的说辞,来阐述这世间最柔软的物质。并用水的方式切入泥土腹部,完成对母体的确认与回归——回到生命最初的形态:安谧,卷曲。

周期性的反思让生命完成了自我更新。你可以把这样的形式理解为死,也可以理解为生。

你看到的万物已减去欲的细枝末节,还原为赤子。而水选择沉潜的姿势,无意于穿石。

你将要看到的冬季,在的都在,逝者已逝!

我们守住的都是最值得守护的。

为此,我愿意放弃全身的锐角,用水一样的笑意走近你。

2

“怀柔”，喜欢这样的名字，以柔软的怀抱面对群山坚硬的轮廓与雁栖湖水的浅蓝。

它不过像你一样天经地义地爱这不完美的尘世，爱这尘世平凡的人，如果它需要浇灌，培育，你宁为水。

每一个故事都在冬季有了自己的结局，无论高潮迭起，还是平淡无奇，你钟爱自己故事里的人物与事件，你爱到每一个细节都柔情似水。

易碎易折的事物充斥过整个春夏，到达深秋的时候，随处可见的创伤遍布世间的每一个角落。

痛与伤痕是这个时代用滥的词语，恨是它的言外之意。

我只是想要面对你的时候换一种方式，比如我会把“怀柔”的词性变成动词。

3

山外有山，有我带不走的生活——火热，机械，拥堵着各种郁结的情绪。

而山里却有曲折的山峰，平静的湖水，落叶乔木消瘦的躯干，陷入怀旧色的芦苇，诱我深入安静的状态，模仿一只落雁的样子，躲在沉默的羽毛里梳理自己。

远离电脑，关闭手机，只和我最爱的人保持语言联系，忘记职业生涯中惯常的理智，用水墨的眼睛看风景，用皴法揉捏山峰俊朗的线条，与一场雪不期而遇，不拒绝她以柔软的方式擦去我描摹的景物。

雪落之后，我拥有更多的留白。

我想要一个更大的宽度与广度把江山放进去，最好山也软到能够流动，因我爱一个水性的世界。

可是，最后我还是放弃了对眼前风景作二流的篡改，把整张宣纸的底色还给一流的岁月，让山还是山，让水还是水，让我还原一名观众的角色站在山水的一隅安静地欣赏……

4

如果我愿意，此刻的风我确认它是暖的。

它吹过燕山，吹过雁栖湖，如果它天性冷漠，为何会在此刻吹来一场高蹈的雪花温暖我的视觉？

也许是为了践约。

三生之后我们相遇，以雪花为信物，相认，相守；相待以软，相依以暖，相携以一生的眷顾，饱含雨露与风霜。

所有的冷我都可以忘记，用清空的空间储存你说的每一句话，每一个字，你的一颦一笑，你如风的行走姿势……

你温暖的眼神是我手中的红麻纸灯笼，每走一步，心里都暖暖地亮着。

（选自《散文诗·上半月刊》2011 年第 5 期）

郭文阁

郭文阁(1966—)，山东胶州人。出版散文诗集《今天》等。

女人的船

阳光的鸟飞出海浪，撞响了丰满的帆。

在岸伸开湿漉漉的翅膀的时候，帆慢慢地升起了。

在如泉的瞳孔上，垂下蓝色的梦。

女人们站在砂岸上，目光蓄满了紫铜色的臂膀。旱烟味烈酒味飘来了，从女人不愿打开的窗子里……

她们知道秀发系不住出海的日子，系不住星星闪光的锚链，她们不愿船在沙滩在岸上生根，她们的世界是和海的根吻合着生长的……

在思念船的日子，渔歌总会流出。

使海鸥吟满……

呵，女人的船呵！

是不曾在岸上生根的船……

(选自《黄河诗报》)

当年的恋人

你把那条大街扫得真干净。我早晚都那样走过。

像你那些年擦过的机器,连细小的部位都不放过。你的脸埋在宽大的工服里,像藏在阔叶后面走动的月亮……

你扫大街的手,肯定没拿过玫瑰,拿过车钥匙……

但你能拿动生活。生活,你伸出手真实地相握在一起。

扫一条街。

扫一条街上的阳光、落叶和影子。

而我对生活却一知半解。

(选自《山东文学·下半月刊》2016 年第 8 期)

女工的梦

总爱把月亮,用眼睛悄悄推成圆圆的梦,升起在工厂的夜空。

虽说,我们是在拇指一样大的工厂里长大的女孩,也在安徒生老头子的指缝里,找到溜走岁月的童话。以焦头烂额的工作、热情和微笑,竖起漂亮的手指。

弹奏城市。

弹奏世界。

那个女孩终于愿去丈量炉台的距离了,丈量流泪的钢锭举起的太阳。那根衔在蓝天唇边的烟囱,很柔情;第一次吐出迷人的芬芳，吮吸在她羞涩的目光里……

离城市很远，是我们的工厂，是孤岛是远帆。

音乐会晚来，爱情晚来，旋转的新潮晚来，可属于改革的时代，早从激动的海岸线上跑来了，呼唤我们，呼唤沸腾的钢水。

灿烂的焊花淬就起来的多梦时节啊！

（选自《工人日报》1994 年 6 月 1 日）

金　毅

金毅(1966—　),浙江临海人。著有诗集《蓝色腹地》《桅影风骚》等。

雨　笛

雨笛是她最心爱的曲子。

雨笛是她最响亮的召唤。

音符漫天而下。相思的夜汇成一条音乐河。忧郁自屋檐一滴滴坠进心里。

舌苔是心的芽,嘴唇是荒野里的一颗红草莓,甜蜜地孤独着。

(那春天的风迁很远,披着一身雪花在南国跋涉,树枝捡着他身后的脚印,成为青青的柳叶。)

明天,听到她吹起的笛声,他会从南国匆匆跑来,踢翻一个冬天,他的额角点缀着一颗温暖的月。

雨笛是她最心爱的曲子。

雨笛是她最响亮的召唤。

(选自《海鸥》)

赵宏兴

赵宏兴(1967—),安徽合肥人。出版长篇小说《父亲和他的兄弟》、中短篇小说集《被捆绑的人》、散文诗集《刃的叙说》等10部。

路 过

潮水涌来,沿着疾驰的车轮,从黑暗中涌来,打湿了我的眼睛。

黑暗,摘去了所有的星辰,关闭了白天洞开的门扉,留下一片黑沉沉的土地,让我疲于奔命。

车厢里是安逸的,灯光明亮,清洁宽敞,乘客们肥胖的身子隐匿在高高的红色座椅里。车窗外划过的风声,钻过隧道时的呼啸声,击打着我本已躁动的心。

我知道你就居住在铁路旁边的这个小城。一个人一个夜晚,独立的颜色,独立的呼吸。

不久,播音员就用汉语和英语,播出了小城的名字。

夜色里,突然出现的一片灯火,不知道哪一盏是你的窗口。

我伸头望向窗外,望到的却是玻璃上我憔悴的面庞。

列车停下,短短的两分钟,又载着我疾驰而去,剩下空荡荡的站台,无声无息。

今晚，你的夜色已有了我翻动的指纹，我缩回的手指沾着你熟悉的气息。

夜 晚

夜晚，在你的身体上堆积，
丰满，性感，让我措手不及。

我张望的眼睛，被黑暗阻碍着。我知道你在时光的那头，那张宽松的床上，躺着你炽热的身体，但夜色掩蔽了你。

过去的一切在透明中，呈现出浓缩的夜色和漫长的河岸。所有我们狂欢过的地方，都成为我的故乡，没有一块商人的“地王”可以代替。

保留着，这些依然的热度，使得我们枯萎的生命润泽起来。那些到来的日子，会在奔放和宣泄中，浸染着神圣的色彩。

致乌鸦

接近地面的夕阳是亲切的，红通通地墩在地平线上。

心里躁动着，寻一偏僻处去走，荒草覆盖的路面，脚踩在上面软软的，像踩在天堂。

你在我的心里随着脚步摇晃，不知道如何平衡，才能使你稳定下来。

眼前，收割过的田野是颓废的，只有你在我的心中生长，一片生机勃勃。

——偎着你睡觉是来世的愿望，今生太冷了。

异乡陌生的气息里裹携着冬季来临的消息，这是一片忧伤的土地。

（选自《中国当代散文诗》，中国书籍出版社，2017 年）

陈惠琼

陈惠琼(1967—),女,广州西关人。出版散文诗集《西关写意》。

信里踱步

一

你的信从心出发,走了那么远,为的是回来。
我在你的信中踱步,从此岸到彼岸,走了那么远……
为的是寻找另一个世界——
为的是寻找重逢的梦——

二

心灵,孤独的心灵,在信中流浪。把信铺展在胸前,将记忆的桥架在时间的河床上。

当你心中冉冉升起一面太阳,这里却撑过来一把月亮的伞,分开的泪像初夏的雨涓涓下流。轻而透明地敲打那段记忆,全然的感受竟忘记时空的流程。

三

这夜，有咚、咚、咚的踱步声。那里，在信中踱步，没有归宿，只有重复……

从南太平洋波利尼西亚至这里，相隔的距离，未能一一计算……

四

依旧是远行的日子，为了在你的信中踱步，我把所有的旅程放弃，永恒的踱步就将成为生命的唯一驿站。

在信中慢慢踱步，日子慢慢随着步履一幕幕远走。留不住美丽的梦，没有落脚之地，正好寻找漂泊后重逢的路。

（选自《散文选刊》2008 年 8 期）

李俊功

李俊功(1967—),笔名空间,河南通许人。著有散文诗集《梦园》《五种颜色的春天》等。

仙女湖:爱情湖

一座湖水柔若如此,为它的醉美,抚平光阴的暗伤。

为群树的静立设置一万种瞩目姿态。

一万份期待,将瞬间视作持久的相逢。

一滴水,包含爱的简史。

这隔世的爱情,突破时间的界限,只求一座湖的见证,微起的波澜,一再把柔暖的阳光铺开。

把相对却无言的言辞大面积铺开。

以一座湖水的名义命名:爱情圣水,爱情之湖。

明澈的望眼,望一个人的翩翩而来。苍穹邈远。一条远路明亮如灯。

瞬间融化的湖水,化作以情相拥的柔波历历,它以一滴水与一滴水的相续,默涵了爱情的长相依。

仙女湖，跨越人间的爱情信物！

它在，爱情在。

一湖经过亿万次淘沥的情，一仍清澈，

映亮了辽阔的有情天地。

在仙女湖畔徜徉

爱情和仙女湖，时间是最好的说明，它一百年，如此清澈，一千年，如此清澈，这对于爱情就够了，对于相爱着的心，就够了。

它以如此浩大的湖面，迎接爱情的光芒。

迎接爱情的脚步在湖畔的轻轻走动。

谁能够做到，坚持两个人的并行，沿着湖畔走下去，沿着内心最初的相许走下去。

谁能够做到，坚持两个人的并行，凝视着清澈的湖水，互相照见微笑的面容，照见眼睛里的赞许。

仙女湖，是一种爱情的引领。

仙女湖，是一面爱情的镜子。

在喧嚣杂乱的声音中，仙女湖仿若某种呼唤。

呼唤脚步、心灵、思想，和忠贞的坚守。呼唤拥有和未拥有爱情的人们——

在仙女湖畔行走，需要，经常照见彼此抚慰的影子。

在仙女湖畔行走，需要，经常洗洗被尘世污染和搅扰的身心。

（选自《通许文苑》2017 年 4 期）

鲜　圣

鲜圣(1967—　),四川巴中人,现居成都。著有诗集《鲜圣诗选》、散文选集《灵魂的舞蹈》等6部。

心之旅

1

爱人,让我点燃烛灯,照亮彼此苍老的容颜。

困窘的日子里,我们一同让心去流浪,直至今天。当许多人都在尽情挥霍光阴的时候,我在烛灯下一个词一个词地写着未知的路。我的诉说对许多人来说无足重轻,对你,尤为重要。

我的诉说是一种力量,你如烛,正流着清泪照着我。

2

完成一次人生的迁徙,爱人,请跟我走,从乡村到城市,让我拭去你飞翔的尘埃。

雨过天晴,云过天青,阴晴圆缺都是我们的天。

穿越时间的隧道,我们依然在前方走着,我们没有理由忘却曾经走过的历程,没有理由不去走完前面的路。

3

请为我打开那扇窗,爱人,让我遥望我的乡村,看看那片麦田,那条溪流和那层层的玉米林。

在城市里,我常常遇见乡下的亲戚,遇见乡下的粮食、蔬菜和水果,乡下亲戚一辈子守护着自己构筑的家园,他们的脸上只有汗水,很少有泪。

爱人,邀请那位卖水果的老乡到屋子里坐坐,在乡下生活的日子,城里的亲朋也一样邀请过我们。乡下人很想看看城市的花园,我们,还想看看先前那片麦田。

4

住在九层的高楼,头顶就是天空。

把屋子好好收拾一遍,屋子里有我散乱的思想和随意丢下的纸屑。屋子里有人来过吗?他们看到的是我们生活表层的装饰和包裹,或许,还欣赏过阳台上那几盆花花草草。

住在九层高楼,不需要太大的空间。你看窗外那棵树上,一只鸟巢多么别致,鸟的一家和我们是邻居,群鸟依林,彼此倾诉的是对一片树叶的怀念。

我们在一个精致的鸟巢里活着,想去飞翔……

(选自《散文诗世界》2006 年第 2 期)

青梅竹马

有一个女孩爱过我，那年，我是竹马，她是梅。

那年的阳光很嫩，月色很温柔。我们在阳光的山坳里倾听风声，在月色里洗手、游戏、恋爱，是长不大的两颗小星星。

梅的花蕊在风中摇曳，我猜不透的命运里，梅的往事一瓣瓣飘零，梅的色彩包裹着我的世界，我以马的速度追赶着梅的绽放，与梅共舞，默守暗香。

如果爱我的女孩像梅一样纯粹而坚贞，如果爱我的女孩像梅一样坚韧而豪迈，那么，我在漂泊之后的依恋，依然是想回到梅的身边，再做一次快乐的竹马，并且找回从前的月光。

（选自《乡土诗人》）

柳成荫

柳成荫(1967—),本名林建隆,广东陆丰人。著有散文诗集《那一片海》《汕尾九歌》(合集),诗集《青花瓶的一瞬间》。

黄山与爱人
——献给阿津

那是我梦中不小心滴落的一颗情种,生成风情万种的奇迹叫黄山。

那些可以称作宝玉黛玉晴雯紫鹃等等等等的石啊松啊云啊,全都从红楼里走到黄山来,随便在她的哪一个角落,我不相信自己生活在红尘。

在没有情人的时候,黄山是我心中的一串结。在绿草萋萋的时候,我目送那个身着素色衣裙的人飘然自黄山走过。我发现,那个到过黄山的人,竟比黄山还美。

你是黄山上一把新买的锁么,那个到过黄山的人?

当世间的美德变成一串串连心锁,是你把你连同我的心锁在高高的天都峰上,锁在唐诗宋词的最深处。

西厢别想

亭台轩榭经了千年，不知几度春花秋月。

那段动人的故事已经不再，只是碧瓦红砖修了废，废了修。没有芳草，只有行人。没有完美，只有凄丽。

我迟来了数百年，听不到那曲据说让人回肠荡气的琴声。在那堵多情的粉墙，写尽了人生的遗憾。

我迈进你的门槛，目睹众多喋喋不休的闲客。我走进你的戏中，知道一切都是短暂，只有爱还在上演，从未间断。

绿树红墙掩藏不住世人的无奈，今日是非，明日是是，年年西风叶落多情路。

回首断桥

你只是偶尔沦落人间一次，你的心扉只是偶尔为重情的人打开一次。

千年一回的邂逅换来百世难解的恩怨。那场如烟如雾的雨，那棵媚态万千的柳，那把遮风挡雨的纸伞，在被痴情压断的桥上逝去了，不再回来。

多情总被无情误，我心已老，你岂能年轻。可桥断了，行人未断，在有约的路上，总是重复同样的故事。

你说，当妖存了一颗人心，妖会变成人；当人有了一颗妖心，人便成了妖。

在这个尘世，熙熙攘攘，我又岂能有一双慧眼。

只是我一直相信，那个雪衣翩翩的女子，就活在如诗如画的西湖畔，她顾盼的眼，就是满湖春水。

（选自《中国散文诗》2001 年第 1 期）

湮雨朦朦

湮雨朦朦(1968—),女,本名张萌,湖北人。诗作散见各地报刊。

换一种语言,栖息

今晚的优雅只留给你,半个月亮,我跳一支踢踏舞,月亮河是舞池,桂树是月光;

隐约,只是隐约,一只眼睛开始唱歌。我看着她,安娜,乘着天鹅绒,身子缥缈,握着铁轨的金碧辉煌。

紧接着,是音乐,另一只眼反弹琵琶,女巫们身着夏天,手捧千年编钟,宫商角徵羽,西施归来。

我感动,无所适从,拥抱着悬崖上的一粒种,一朵花对着我手语,是海鸥,是海上的康城,红苹果用山歌点灯;

荆棘鸟从我体内飞出,我旋转起手指上的爱恋,犬吠了,可我听不见,我心怀春天,一只脚踏上青苔,我想对你说,换一种语言吧,栖息,旧绳索将逝。

我遗失的鼻子,咽喉,爱情,全在西湖若隐若现。有人送我三潭印月,送我白狐的清泪,我看见。

大卷发

我将找到这样一个路径，狂风，匆忙的昏黄，然后我一推，窗棂温暖，油灯闪闪；大卷发被红色的毛衫裹上，再按上你红色的手印，一切都水到渠成；这时有寒冷，你是一条闪光的小溪，前方是凋零的芦苇，碎阳光是秘密的，它闪闪烁烁，扫荡着我的内心，一台老式留声机；

在特定的区域，一株白桦，顺卷发生长，一组童音，一朵白兰，它是全新的爱情，它暗香，具备莲的花韵，我数着梧桐，质感的叶，好像冬天的温润；许多的蒹葭，顶着一路的芬芳，我无声地笑了；红酒竟然飘出果香，你忽然儒雅，挽起篱笆的手。

我知道该是春了，大卷发一路开阔，一路歌。

雪是晴的

有一个日子始终在心，就是雪，它飘忽不定，来势喜人。这些静静的白，静静地开；

对于我，你是抑郁的；我忽而大红，忽而驼色；你的视线里，千姿百态；

雪是晴的，我看见枝头上开放着的梅花，喜形于色；

我想雪是乖的，在童话里，你是一只高傲的天鹅，与蓝天刎颈，与青鸟并肩；

迷路的雪，请跟我来，这块绿地是你的，我站着的山包也是你的，你这远古的使者，冰川的代言人。

（选自《大沽河》2013 年第 3 期）

大　卫

大卫(1968—　),江苏睢宁人,本名魏峰。现居北京。著有随笔集、诗集多部。

我把这棵玉兰写到了山上再写进了雨里

我在这个下午有着前倾的快乐,
站不直,是因为山有斜坡——大约60度。
来了,一只手只能牵住另一只手,
像一片树叶,不能看到自己的背面。
下得再大,也只不过是一只半新的毛刷,
心不动,一山的风声就不敢乱动。
天,慢慢地黑了下来,
影子与青苔,已互相分不清。
雨中之山,我不给电,它也照样发麻、发软、发颤。
云在天边,玉兰也在天边。
雨,时粗时细:有时像乔木,有时像灌木,
不敢再往前走,幸福像条猎犬,被拴在了莫名的远处。
只能爱着,只能没有结果地,
爱着……不窒息就算不得吻。在顶峰,
一山的雨,"唰唰唰唰"地往死里哭。亲爱的,在 800 米高处，我们有着多么绝望的幸福！

春天里，一半是玉，一半是兰

我把你叫作薄荷的一半丁香的一半。
玉米长出缨子时，霞光把露水镀亮的一半。
天蓝得像忧伤时，我也把你叫作忧伤的一半。
你战抖，我把你叫作哭泣的一半，
你窒息，我把你叫作闪电的一半。

喜欢你还因你是紫罗兰的一半，薰衣草的一半。
郁金香初绽时半梦半醒的一半。
明月孤悬，你是明月没有捧出的一半。
世界侧过身子，你刚好是她空下的一半。
树把影子做出梦来，你是她恍惚的一半眩晕的一半。
我绝望时，你是更绝望的一半。
余生无多，只能用一半来爱你，爱你的左边也爱你的右边。
你若有毒，那我就用剧毒来爱你。

你是我的一半，专门用来心疼。
我是你的一半，专门用来发疯。

（选自《内心剧场》）

李见心

李见心(1968—),女,出生于抚顺,现居锦州。著有诗集《比火焰更高》《李见心诗歌》等和长篇小说《有字天书》等。

秋天的纵火者

亲爱的,现在是秋天,我要给你写散文诗,这种声音天使一样,几乎不属于我,像黑夜供出了穷人的穷,天使供出了自己的心,我不再把自己藏在树荫里了,让灯光溢出了灯具的阴影。

我要为你堆积落叶那么厚的诗和腐朽,怀着比鲜花还惊艳嘹亮的心情,我乘法的心情像立交桥,可除去你的方向,四面八方都通向宇宙洪荒。

蝉鸣一寸一寸提高你的声名,提醒下沉的心多么富有。

请原谅整个夏天我都在疏远你,是害怕泪水像汗水一样成为我们之间脱不掉的内衣。

而你这么温柔的动物比人还驯服,独角兽再次把触角触到了我的梦里。

这次不仅触破了我的梦,还触破了我的现实。

曾经你为香气而来,而女人除了香气,还有比匕首还闪亮的肉体,我伤害了你的无辜,你也因无辜而获得了罪名。

你再次长出的角是复仇的火焰吗？火速如风，风速如焚，秋天的纵火者已染遍山河。

童话只为渴望被骗的童心而来，爱情只为曾经未遂的激情而复活，点燃有限对无限的一种忠诚。

亲爱的，当天使树叶一样降落时，以为大地上也是云朵铺地，不熟悉人间现场，脸先着了地，所以你丢失了天使的脸，却没有丢失天使的心。

请原谅我当初没有认出你，用于装饰的眼睛称量不出轻盈的呼吸，当我一无所有时，再想起你，心立即贵重得成为抬不走的嫁妆。

我近视的眼睛没有场景，你为我描绘，我粗糙的心没有细节，你为我抓牢。你捡回我丢失在青春的一只手套，两只耳环，三首诗，装进我失忆的篮子里，只差这几朵金黄的稻穗，我臂弯里的一生就饱满飘香。

田园已经荒芜多年，牧歌也已经失传很久，没有人真正地离开，只有他把影子遗落在人间。

只有被爱情忽略的，才最能重现爱情。所有的雾都是做梦的镜子在燃烧。

一切自古都有，一切将是重复，只有相认的瞬间才让我们感到甜蜜。

就这样带着无目的的爱情，带着目的不明确的脸，来到我的面前，让梦躺在云上，依旧恍惚。

就这样带着无来由的爱情，带着嘴唇的镣铐，火灾的心。灭绝时空……

（选自《2015 中国年度作品·散文诗》）

宋晓杰

宋晓杰（1968— ），女，笔名飒飒。辽宁盘锦人，现居沈阳。出版诗集、散文集、长篇小说10余部。

配合你的到来

配合你的到来，我要从永无穷尽的劳作中抬起头，坐下来，停一停，用手背擦擦汗，望望瓦蓝的天，听听鸟儿的启迪，看看蜿蜒的曲径，目光空茫着，想想山外的事情。

配合你的到来，我要在溪边把双手的泥巴洗净，梳理被风吹乱的发辫，把衣服的褶皱儿抻平，在绚丽的春光中采撷芳菲的野花，精心编一个盛大的花篮和童话，戴在项颈。

配合你的到来，我要面壁思过，算一算这玄奥的机缘是不是恰好走了千载才逢，算一算如今的应验是不是千百万年前的约定。那么，我浅浅的福分，是否匹配得上你如山的恩宠。

配合你的到来，我要在薄暮黄昏的古道旁，站成你归乡的萤灯，烟雾杂沓之后，我轻轻拍打你袍上的征尘，牵过羁旅劳顿的鞍马，用手指反反复复地缠绕着缰绳，你关切的问候和探询，一句也没听清。

配合你的到来，我要庭院竹篁、池塘桑麻；我要在流水亭轩之上闲敲棋子、吟诗作画；我要红袖添香，燕语莺声，举案齐眉，袅袅婷婷，走进门掩黄昏、风雨如诉夜读书的古典意境。

配合你的到来，我要装聋作哑，环顾左右而言他；我要闭紧牙关，独自把两个人的秘密担承，静候共同节日的君临，在别人的猜疑和面面相觑中，忍着，忍着，哪怕偷偷地在梦中笑醒。

配合你的到来，我要千淘万漉、卧薪尝胆、三更灯火五更鸡，把自己炼成一块好钢，以备急需之用，即使是在有雨的日子里，最好也能做到刚好不生锈而无比坚硬。

配合你的到来，我要第一次不在意自己的容颜：如果它是青春飞扬的，那么，再好不过了，我将欣喜万分；如果它是干枯滞涩的，那么，我也不会沮丧，我仍将不紧不慢地把每一道霞光送到最寒冷的窗棂。

配合你的到来，我要把你所走的道路看清，并在来路上，为你把坎坷夯实、铺平，然后，躲在一块瘦扁石后面，看你哼着歌儿轻松地奔向光明的前程，而我，微笑着长舒一口气，默不作声。

配合你的到来，我要幻化成一棵老槐树，疲倦得恰好行至你的窗前，脚步再也移不动，那么，我会死心塌地地停下来，招引一两只小鸟筑巢，或者，替你挡一下坏脾气的冷风……

是谁，把你的头发弄短，弄稀，再弄白？又把丝绸的面容，弄暗，弄燥，再弄皱？模糊，再慢慢地下垂的，肯定不是我们的泪水，那么，还将会是什么？

穷其一生所有，只为配合你的到来。

而你，终于没有来。

或者只是，轻轻而又轻轻地走过。

没有回头……

（选自《散文》2004 年第 4 期）

孙方杰

孙方杰(1968—),山东寿光人。著有诗集《我热爱我的诗歌》《逐渐临近的别离》《钢铁是怎样炼成的》等。

你要来看我

在医院里,每一天可能就是最后一天。肺大泡破裂,或者浓菌阻塞气道。

死神就会从天而降,从不跟人商谈一个具体时间。头上三尺有神灵,在众神中,死神是其中最隐秘的一个。

我生病的消息,就像塌陷的大海,在你心中涌起了十二级海啸。

你为我难过,到附近的寺庙里,为我焚香祈祷。

你说:你愿意用爱,为我换寿命;你愿意把一生都交给我。

你宁愿去第十九层地狱,也想让我活着。

你去祈祷时,我的灵魂,正拄着拐杖哽咽。

你说,佛祖答应了你的请求。你要来看我。来时要带一架钢琴,摆在我的病床边,给我弹贝多芬。

然后,再献上我的诗句。

你企图用音乐的节拍和我的诗歌,喊来天使,从绞刑架上救下你的白马。

你要来看我。

我让你不要忧伤，在人间到天堂的路上，我一手端葡萄酒，一手举着自己的火把。

我看见我的星光依然深远，我的天空依然辽阔。

放心吧，亲爱的，我还会活着，我还要和你一起去看大海和油菜花。

放心吧，亲爱的，我还会活着，我还要和你一起放风筝，扯闲篇。

放心吧，亲爱的——我还会活着，为了和你的爱情继续。

我已与死神说好了交换条件。

那就是，

——它不把我取走，我就一生爱你。

（选自《山东文学》2016年第9期）

苦菜花

深秋里，山谷里的花都开过了。

繁华过了，也衰败过了。

我看到还有一朵苦菜花，含着苞，在渐渐寒冷的风里，等待着。

整个山谷，都在做着越冬的准备。

而这朵苦菜花，还在等待着，那只命中注定的蜜蜂。

像一个纯情的少女等着她的心上人。像一座十字架，等待着真理。

仿佛它内心的苦，唯有与生俱来的那只蜜蜂的亲吻，才能得到缓释。

或许，缘起前世的一个约定，或许，这是命中修行的因果。

就这样等待啊，仿佛你不来我就不开。你不来，我就无法挤出命中的苦。

你不来，我就无法赶去来世投胎。

（选自《山东文学》2017 年第 10 期）

刘赞科

刘赞科(1968—),山东青岛人。出版诗集《走丢的脚印》。

雪

又是岁末,又见雪。

洁白精灵,飞舞六角羽翅,自冷冷天宇坠落,暖暖地覆盖土地,以冰洁之躯焊接世界的断裂处。我相信,雪下面的每一寸泥土、每一段枯枝,都有声音。

苦冬有雪。雪是冬季唯一让人心动的精灵。

今夜,细细展开自己,清点生命。流年如雪,片片寒烟,片片压迫案头,不敢收拾,却不得不回头。

也是一个雪天,岛城的人脚步匆匆,作鸟散状。

小西湖冷冷地板着面孔,没有了表情。你的红伞是那年冬季最艳的蜡梅,给岛城红颜。很久的时间里,雪封住语言所有的路口,任凭大片大片的雪花泻在我们的视野。都凝滞了,只有雪轻轻来,轻轻落,我听到了雪与雪相互撞击的声音。我知道,你最终要去的地方四季无雪。

带一把雪走吧——我说,在每一个雪天我都会出去走走。十年了,雪仍旧每年来,我仍旧在每个雪天出门。隔年的蜡梅,点燃我许多无雪的生命。

一个人久了，总有些话要说，如同日子久了，总有些绿意探出头。

友啊，我的祝福是雪地里的第一枚脚印，深深浅浅，都是清新。

又在岁末见到雪。

最后的雪花，落在脸上，

掉下去的是泪。

月

是谁把我的船摇到天上，一停万年？

再也摇不动的沉怨搁浅了。我的桨呢？

不系之舟，幻化若水，倾泼皎洁到地上。一地清冷，不敢涉足。静静的夜空，宛如静海，没有喧哗，没有鱼跃水面，举手击掌。

就此伫立，燃一支烟，造访月的心事。月光如一粒粒铁屑嵌入肌肤，疼痛而不留伤口，而后沿着掌纹进入我的躯体，直达清冷。

遥相对望，是左手遥望右手。

一千个声音破空而来，哪一个在头上停泊？

一千双羽翼扑击而来，哪一双扇动我的肩？

摇一摇头，或抖一抖肩，翅膀落地，飞翔了孤寂。

月啊，我带不走一滴光，我的思念渴死在半路上。

裹一袭洁白的披风，我只能负伤而逃。

今夜，星星点灯，点不亮月之外我黑漆漆的梦乡，梦乡的旱季仍在继续，路上满是瓦罐的尸体。

我想我的船不会回来了。

我的桨长成桂花树了。

我的洁白的少女啊，你是否在船上击舷而歌，或是怀抱玉兔倚树遥望。

你肯汲水而来么?

（选自《青岛文学》）

海　叶

海叶(1968—　),湖南邵东人,现居娄底。已出版作品集《凝眸与倾听》《绝版美丽》《叙说或场景》等8部。

醒　悟

在书房里读《不安之书》,我的内心没有丝毫不安。

在《自然之道》里纵情流浪,我的脚步无须挪动一寸。

“我渴望时光能够为我驻留,我想毫无保留地成为我自己”。佩索阿的梦想,并不张扬;巴勒斯,是我走向大自然的向导。

在这样安宁的国度里,连心跳都是音乐。

你说:野花已开遍原野,王冠都舍弃了所有的领地。

霓虹,也跌进浅薄的深渊。别为我担心,我早已厌倦了灯红酒绿的都市,厌倦了终日在贩卖面具的人。

在大自然这本打开的书里,我擦亮了生锈的眼睛。

那朵像黑夜一样空洞的玫瑰,并非是爱神赐予的骨肉。

深呼吸

感谢那一盏灯,让我们成为彼此的影子与支撑。

故事,每天都在发生。幸运的人,总在故事之外。

更多的时候,我的内心蓄满柔情,祝福的念头,比星星还多。

善良的人,也总被星光照耀。

在时光里穿行,灯火将我的灵魂抬高了。刚好可看见生活之外的部分,那些和内心一样柔软的部分。

芍药花,在夜色里怒放。寂静的郊野,你若一滴有毒的香水,一同魅惑着我的嗅觉与感觉。

必须做一次深呼吸,我才可安抚悸动的心。

悬在尘世的头颅,太沉了。

此刻,感觉是浮在夜的怀里。

(选自《散文诗世界》2015 年第 6 期)

杨启刚

杨启刚(1966—),布依族,贵州都匀人。著有《遥望家园》《低吟或晚唱》等专著6部。

谶语

你说过你是一座美丽的城堡,我不知道我最终是否能够成为屋里的主人。

我的语言微苦,像噙含着你酸涩的名字。只因我是如此孤独,怯羞而又一无所依。

一群人看铁树开花,寺院无木门,以为你小屋只有一炷清香;僻林深处,花朵绽满草地,溅过我的渴待。

遥遥赶来,仅仅只有选择无言的静坐么?

我独自去我的庄园呼吸空气,那段精心为你准备的日子,现在花瓣是寂寞地躺在晶莹的月光里。

凝望古堡,除了这花香与月香混凝的夜,这长发。叩答你的弘慈。我没有了明眸,往事刺破身体和残梦。

夜半,有骊歌自远处幽幽传来。

无　题

六十年后。再视于青灯古寺。

我问。你不语。

只冷然对我一笑。

那隔夜的歌声，恍若隔世的心跳。

为什么，无论远近，我都无法看清你。你是幅只可意会的远景，总在彼岸，与我隔着整整一个世纪。无法企及的距离之美，使你与尘俗去来的路，已成非路。你已不复存在其身，你站在你之外，听风说话。在这里，唯有捉不住的空灵。

有人低声耳语，传言你是削发入山的小尼，在一个蔷薇的黎明，不慎堕入俗人的视线。

你，六十年前，六十年后，卧于我心间。近得比什么都远，远得比什么都近，这就够了。

宁可你静静地美在尘世的对岸，宁可我永远都握不到你合掌的纤纤十指。

（选自《一条河流的二十三种走向》，华龄出版社，2017 年）

洪　放

洪放(1968—　),安徽桐城人。出版长篇小说《秘书长》《秘书长2》等。

爱情,葡萄与青

每一次文字的排列,都来源于命定。只是这样而不是那样。爱情。葡萄。与青。我怎样将这些列在了一起?又怎样在西部的苍茫中,将之一一回味?

火车在奔驰。

西部之西,酒泉。晃动的葡萄,深紫地凸现阳光之饱满。波波的爱情。还有一路相伴的爱情。我站在爱情之外。只像一个花童,偶尔窥到了花开的秘密。

“一路追随你来,青色的山岗,白色的雪山。没有爱情到不了的地方,没有怀念达不到的夜晚……”

多么朴素的人生啊!

多么无怨的爱情!

青那时也站在爱情之外。青现在还站在爱情之外。青在等待命定中的指引。

青在二十岁的葡萄上,隙望爱情……

星星沐浴的乐园

总喜欢田震。总喜欢她内敛而苍茫的歌唱。物质年代的精神歌手，恰与我怀想中的西部，宿命般地契合了。《月牙泉》，当田震梦呓般诉说时，我已在泉边瞭望了。

天的镜子。

沙漠的眼。

星星沐浴的乐园。

最后的一缕温柔，静静地泊在无垠的沙山之中。风吹过，鸟飞过，花开过，叶落过。西部的爱情，在这一刻，动人得让人心跳，美好得让人脸红。

多么纯洁啊。

物质年代，爱情的垃圾随处可见。可谁见过这么无暇的爱情？可谁听过这么怨美的倾诉？

绕泉三遍，我的爱情呢？“就这样静静地望着你，一直不说话，任凭时间飞逝，地老天荒。”

月牙泉啊月牙泉，月亮升起，爱情走来。

月下的一切，静美如花。

连绵起伏的草海

一轮明月自那草海中升起，人生行旅的况味，也就在无边的草海上，连绵起伏了。

海西，海西，青草织就的海西啊。

这是中秋前夜。月已经圆了。西部大地此刻阴柔无比。神性的天空渐渐隐去，人性，灵性的天堂缓慢展开。

我想起故乡的青草了。

宿命的车轮载着我奔走于西部大地。人生就是一次奔走。最后都要回来。彻彻底底回来。那一刻，我一定是泪水潸潸……

“那草丛中的红鬃马，驮着西部渐渐远去；是谁怀揣爱情，回到了梦中的故乡？”

回望之时，青草起伏。海西，把一万个梦埋在其中，是不是在来年也会长出连绵的草浪？

回望，回望。蓦然挥手，一片苍茫。

（选自《青海湖》2003年第8期）

萧　然

萧然(1969—　),本名茅林洪,福建仙游人。出版诗集《静夜无痕》《不是去向是归途》。

蝶

你在黑暗的茧中,用一个一个的梦前进。终于挣脱重围,终于化身为蝶的那一刻,有一种悔意立即沿翅而行。这世界的美丽竟然让你心惊。你自己美丽,几乎让你迷失你自己。

一枝花,美丽了半个夜。你往花枝上一停,美丽了另一半夜。天衣无缝的美,让夜里的植物怎样呼吸?夜行的人和魂灵,如何走出美丽的迷网?

夜晚退去。爱情的欲望在你心里羞红了。你张开翅膀,天空就消失了。美让你恐慌,让你绝望。

花朵将因凋谢而死亡,你将因爱情而消失。

如果可以重新叠起藏起翅膀,回到黑暗的茧中,整个世界的美丽,全部留给想象。美即是永恒。

但是,退路已断,春天已经围困过来。

你只能在爱情的飞行中,褪去翅膀的色彩。

让整个夜轻晚,轻得像一声叹息。

悬秋之叶

一枝渐渐红去的叶子，就把秋天喧染得像来世的天空。

秋天的眼睛，请以风打开。爱情小小的婚房，为谁布置？

秋天之美就险在一道悬崖绝壁上。每一枚秋叶的飘落，就是一次宁静的黑暗中静静的飞行。黑暗之美，就是每一枚落叶，都可以躺在一个柔软的角落，想象重上枝头的来世，守护蝴蝶翅膀一样一张一翕的阳光。

就试一次这样的童话：让红叶重新褪回新绿，让老树重新回到种子；在雪层下面，倾听陌生人孤独的脚步声。再试问一句：可愿重新破土发芽？

而我爱你，是因为早已看到悬崖边，一场秋叶的舞蹈。张开眼睛的窗口，心里小小的婚房，为你前生、今世和来生装饰。你小小的温柔，不着一语，就让我拥你入怀。

现在，你我就是悬秋的枝叶了。哪一枚是你，哪一枚是我，小小的谜，不让任何人知道。

扶我的肩。执我的手。搂我的腰。开始飘零的舞蹈。左一脚踩着月光，右一脚踩着轻风。当我们踏准了美丽得惊险无比的舞步。

就含泪回到了来生的枝头。

（选自《山东文学·下半月刊》2016 年第 10 期）

张晓润

张晓润(1969—),陕西定边人。出版散文集《用葡萄照亮事物》。

雪葵,雪葵

我和你,端坐在这人世的洁白上,盛如雪葵。

这洁白的人世多么短暂、危险和忧伤。

我们既渴望阳光涌入潮湿的内心,又惧怕薄如蝉翼的心壁被厮磨、风化和过于用力地碰撞。

我们是渴望云朵飞过眼睛的孩童,那么愿意把雪原当作翻涌的浪涛,那么渴望将树枝做成永久的桨橹。

下雪了,我们和这多疑的世界只存在一米的光波和距离。

起风了,我们从洁白中赶来,又将在洁白中抽身。

相对于时间的长河,我们只有短暂的依偎和相守,只有紧缩的风光和地理。

但我们不曾后悔,来过,恰似明镜的湖底投下幽兰的波心。

我们在这短暂的尘世,也许还来不及做一场更明媚的夫妻。

也许,我们有的,只是上个人世又兜回今生的苦难。

但苦难又有什么不好,过于苛刻的手术刀,总会在奇绝处,给我们这尘世的顽疾,做恰当的手术。

感谢时间的玫瑰，指引我们在洁白的大地上相遇。

这银的河山，让我们抵命相交，成为至亲的伴侣和故人。

我们是多么渴望安宁的人啊，甚至惧怕阳光的妄想，灼伤和挫败冷月的沉静。

如果爱，就承担并叫嚣。

如果爱，就沉默和沉痛。

让阳光猛烈，让彼此回到彼此，让水回到水，回到永恒的空气。

那时，让你我成为这个世界最绝望的哑巴和瞎子，而只是用短暂的光阴，锻打久长的寸铁。

或者彼此消长，转身成为他年的菊与菊谱，成为与雪无关的另一番景致与重逢。

更或，成为耳鬓厮磨最美的雪葵，与一场大雪舍命关联。

（选自《诗潮》2016 年 7 月号）

天　涯

天涯(1969—　),女,浙江宁波人,本名沈珈如,曾名沈淑波。出版长篇小说、短篇小说、散文集、散文诗集、报告文学等专著20余部。

在宾川,虚构一场爱情

在六月黄昏的余晖里,再次踏上宾川。季节揿下按钮,大地之上,所有花朵瞬间绽放。

抬头,22年前那位少女留下的脚印,已沁入岩壁,模糊成意象文字。丛林里,骏马已老,牵马人不知所踪。一只与红尘亲密接触的猴子以偷袭方式,让我记住它别样热情。

遥远尽头,一位男子弯下腰,在红土地栽种第一棵葡萄苗。时光穿梭、裂变,转眼已蓬勃成绿色的海。

眼前的宾川陌生又熟悉,熟悉又陌生,就像我打量今天的你,你回忆昔日的我,寻找彼此重叠的记忆。

斗转星移,唯一不变的是鸡足山佛光,依然普照大地。

在宾川,虚构一场爱情。

崇山背后,一个梦失落,就会有另一个梦升起。人群拥挤或疏离,谁会是谁的过客?而我,需要怎样的缘,才能在葡萄架下遇见你？以树的挺拔，山的俊朗，土地的浑厚，自带光芒君临。

阳光穿透时空阻隔，屏蔽幽暗，牵引沉重的欲望。风过田野，向日葵解读飘扬旗语。停下来，张开心灵耳朵，倾听河流诉说一个前世来生的故事。那里有我的回眸，你的身影。

在宾川，虚构一场爱情。

葡萄园里，酸涩与甜蜜并存，中间需要时间过渡。你隐在尘世背后，天涯咫尺或咫尺天涯，结局是否早已注定？

让我以手测土地温度，看青色咖啡豆渐渐绯红。“朱苦拉”的芳名里蕴藏着多少秘密呵，沿着百年前山道蜿蜒而来的是生活沉积的苦难，和苦难酿就的芬芳。

在宾川，虚构一场爱情。

仰首，雄鹰闪耀长空。有力量喷薄而出，那是光、是火、是爱的烈焰。

纯净蔚蓝，昭示人生相遇的美好。

给你我近视的左眼，让你发现盔甲下的似水柔情。留我远视的右眼，穿过千万张陌生的脸，读你脉脉深情。

亲爱的，让我在宾川，虚构一场爱情。

千回百转，你才是唯一的主角。你从空中飞过，云朵就幻化为七彩；你从林间走过，每一片树叶书写彼此牵挂的暗语；你踏海而来，浪花里吟唱着你我的传奇。

我听到，听到了灵魂在舞蹈、碰撞，因为有你，天地一次次刷新爱的宽广与厚度。为你，我愿停止流浪，在你心的桃源，日升而作日落而息。我要紧紧抓住你的手，不让你沦落于尘，拯救你，也拯救我自己。

这辈子只有你我，只在你我心里。亲爱的，让我在宾川，为你虚构一场与生命同行的爱情，无论岁月如何变迁，都不离不弃……

（选自《散文诗世界》2017年7月号）

刘成渝

刘成渝(1969—),四川仪陇人,现居四川攀枝花。作品《星星》《青年作家》《青年文学》等。

我要在七夕把春夏秋冬重过一遍

我的一年,就只有这一天。

其他的日子都是多余的。中秋是多余的,除夕是多余的,所有团圆的日子是多余的。立春是多余的,谷雨是多余的,芒种是多余的,所有适合种植的日子是多余的。夏至是多余的,处暑是多余的,秋分是多余的,所有收获的日子是多余的。小雪是多余的,大雪是多余的,所有想让我冷下来的日子是多余的。

我只在七夕这一天与你一起种植、收获、团聚,把春夏秋冬重过一遍。

我的世界只有一座桥

我的世界只有一座桥。一座鸟搭的桥,横在月河上。

它不像木板桥,石拱桥,铁架桥,每天都横在那里。我其他什么也没有,没有家,没有国,不读四书五经,不谈治国平天下。

我的桥，每年只搭建一次。我们在桥上彼此执手，互相拥抱，或哭，或笑，把一天当一年过。

每次鸟散后，我空白的世界，写满的都是等待。

（选自《攀枝花日报》2013 年 8 月 15 日）

海　烟

海烟(1969—　)，女，本名罗小玲，重庆大足人。著有散文集《烟雨红尘》、诗集《零点的远方》等。

我该如何告诉你

你突然盛开的样子，把乡间的泥土染得金碧辉煌。

我为此而感到欢愉，在一片花连着的另一片花里，我们抱紧的何止是整个春天。

你的额头上是天空的金黄，我无法抗拒。我不得不陷入美，一万吨玫瑰，也比不过这巨大的美。

在春天最亲昵的南风中，我该如何把我的爱告诉你。

但愿有一粒金黄的鸟鸣，跌进你的心，连同我的爱，不可觉察地穿过你辽阔的血液。

三月，我的脚趾已沾满年轻的花蕾，就这样为你，踏香而来。

油菜花开

更狂野、更恣意地开吧，油菜花！

像一个土里土气却又纯洁动人的乡下女子，被春风轻轻一吻，就有了天使的容颜。

更热烈，更迅速地蔓延吧，油菜花！

你来自另一个世界，在这浩瀚的花园，你早早地看到了春天的光线，并展开了你飞翔的金色翅膀。

从你博大的怀抱里，升起了爱的音符，在山水间，弹奏起三月的心跳。

欢愉地唱你永不歇息的歌吧！更动情地、诗歌般深刻地，如同你心脏的跳动。

请解开生活的绳子，像阳光一样，点燃世界所有的美。

像爱情，从我们的爱情中开出永不凋零的花。

花园里

就让那些小小的花蕾站立吧，我们要在它秘密的细腰上行走。

我们的额头上沾满了黄金的星辰，在油菜秆和泥土之间，轻微的诗意从色彩中升起。

身边是年轻的水、高山和平原，它们对发生的事一无所知，正从傍晚黄色的霞光中张望。

金灿灿的花蕾中间，升起了一些童话，一些自由欢愉的歌唱，在天空中滚动。

春天，将花蕾的翅膀飘向大地，让不为人知的甜，在忧郁的生活里奔流。

就让我们，像春天一样美好，在这金黄无限的花园里。

（选自《大沽河》2013 年第 3 期）

朵　而

朵而(1970—　),女,本名吴雅弟,上海松江人。著有散文诗集《黑琴键》。

深处的声音

以为听见寂静的声音,看到花开,便是好的。

聆听雨后聚集的细微声,才发现这些年太多藤蔓需要梳理,深藏于枝节末端,且一次次打开身体又颓谢的,早就不是单个的花蕊了。

耳边,又时不时出现另外一种声音,跳跃着前行,像一只蝴蝶的呼喊,又像是雨滴落在瓦片上,弹出的那种浑圆。它们从圆润滑向静默,最后渐渐消失在更空寂处。

没有刻意去想你走了多久。每次流浪猫回头,我发现你的眼睛长在它们身上,对着我,目光冷峻。

我能忍住的,是一声叹息。

另一头,蔷薇花开了。

沈　园

出了沈园，怀旧便轻了许多。

都无所谓了，奔波，颓废，劳顿，辜负，聚成球状的沉重与酸楚，被一一丢进空旷。

一些影像盘根错节，层层剥离后，剩下虚无粘在纸笼上，静观橘树倒挂，飞蛾扑腾。

竹林幽谧。黄昏时，荼蘼给过路人下过毒，那株开得最晚的野菊，施舍过几句暖心话，我这冷漠至极又丢了半担魂魄之人，隐隐作痛。

我从卖莲蓬浑浊的吆喝声里，硬活生生拔出一根刺，埋在桥墩，让它长出荆棘。岸边开着兰花，静静的样子，像你衣服上一排水墨纽扣。

一艘小船划过来，载满女子的笑声，这渐寒的秋色，夜空竟真的如你所说，站了起来。

（选自《青岛文学》2017 年第 11 期）

西　行

从发现那株绯红野菊开始，风沙越发密集，他裹紧脖子，感受着从口罩里发出干燥粗粝的呼哧声。他怀念丢弃的那只水壶，铁皮，绿色。

那时她一头卷发埋在臂弯里，笑声充盈，在他面前洒下清凉的水。

继续往西，夕阳下沉前努力画出一个个圈，比野菊暗红。那些圈扩散的方向，不断呈现光晕，有人像，也有城市缩影。更远处几棵胡杨，悲怆地站立着，上空，鹰在徒劳地飞，一只落单孤独的鹰。

有人惊呼起来，鹰扇过翅膀的沙丘，一层层游弋，比蛇更快。所有的事物，此刻都在舞动，持有麋鹿与鸵鸟的跳跃感。

半空最后的红晕掉落时，他脚下的沙层让出一个位置，比 43 码小，眼前浮现她健康挺直的上身，如此饱满，她喜欢露出一个浑圆的肩胛，伸过头来摩擦他的络腮胡。

继而是夜幕，他躺下来，感受到一片着火的密林，紧挨着沙丘。他看到有只白虎遍体鳞伤，挣扎着，泪流不止。

（选自《上海诗人》2017 年第 4 期）

瑞　娴

瑞娴(1970—　),女,本名王瑞娴,山东诸城人,现居北京。著有散文集《做一只蜻蜓飞过》,童话集《桃树上的红纱女》等。

卓　玛

卓玛,站在海子边的卓玛,毛茸茸的眼睛,撩拨得海子也起了波浪。

卓玛,你胸前那些神秘的藏饰,是古老文明的符号,带着异域的风情和高原的性格,精雕细琢着时光,和你红果一样的脸庞。

转经筒,经幡,喇嘛,唐卡,属于远方;绿松石,蜜蜡,琥珀,银饰,比耳朵还大的耳环,属于你。你,不属于我。

卓玛,古木之下,你的小靴子,簌簌地,踏碎了多少颗落叶的心。你可知道:植物也有心灵。从今后你要爱护身边的一草一木,如同爱护不言不语的孩子。

站在海子边的卓玛,踏着落叶去的卓玛,你的身影,成全了我对爱情干净的想象。

海子深处,那些玉体横陈的枯枝,那些比细胞还渺小的微生物,是否能在沧海桑田中形成琥珀,连同我刚刚滴下的一滴清泪?亿万年后,作为爱的表白,佩戴在另一位卓玛的胸前?

骑在月的弯刀之上

曲终人散，星子高远，唯留我骑在月的弯刀之上，吹笛、唱曲，俯视人间。

谁家的屋顶上，花猫儿正缠绵；谁家的街沿上，相拥的人儿，正弥补失去的春天。

是谁在月影下赶路，蹚过光阴亮亮的河，身后，传来娘的呼唤；

是谁在山那边，捆草码柴，看秋蛾儿做茧；

我一千年还没有忘记的人儿，你在哪里，让我骑在月的弯刀之上，忍受着被锋刃切割的痛，和思念……

距　离

在皇城根下，我们，一起抚摸着旧日的伤痕，并憧憬着明天的辉煌。

我们一起享受着，繁华中的繁华，并共呼吸着，挥之不去的雾霾。

我们，坐在同一条长凳上，读着同一本书中的同一个章节，目光，在同一个字上，交缠。

百年后，你将葬在八宝山，而我，将睡在老家的松树林里。

犹如蜕下的壳，在我们爱过的地方，世界，只留下了两个名字。

交错

我未生，而你已老。

即使，与你在一张纸片上相遇，你比阳光还耀眼的笑容，也充足地照亮了我，苍白的童年。

见你时，见你怀抱着金色的荣誉，却不知其时，你怀抱的已是耻辱。

面对大海，你轻轻一跃，便把自己交给了，一朵浪花。

让后来的我，爱你，却无从寻觅，只好化作一尾游鱼，去沧海里找你。

期待能用终生的游弋，换与你一瞬的交错。

（选自《肋骨》，北京燕山出版社，2016 年）

崔国斌

崔国斌(1970—),祖籍安徽桐城,出生于安徽望江,现居合肥。作品散见于国内外报刊,收入《中外散文诗六十家》《难忘的100篇散文诗》等多家选本。

是谁在离我最近的地方离开

离开。这不是一个词,而是一种距离,空出:1991年的秋天。

——给一个由远及近的背影。一种失落中的沉静。

我反复推敲自己。当时的想法:

如果这就是落叶的时候,最好能有风来临,让我听一听积极的声音。

曾经发生过什么?一封旧信,找不到要去的地址。一枚缺氧的枫叶,栖落:正在进入的秋天。那是一个怎样的秋天!理智补充着情感,给我以碎裂的平衡。

最近的地方:一个女人可以用微笑把她的脸蒙了起来(纪伯伦语)。此外,我还能知道什么?

一个缓慢的过程。时光弥合。那终究没有回头的,是谁?

离开,这个情感的动词,没有道路。还有什么不可接受?

为失去而歌唱,会叫低沉的天空变得开阔。

所有的夜晚都能产生积极的意义

是谁将我们领进月光的某些局部和片段?

在一个老地方:磨盘洲。关于 1993 年的月亮,我注意到,空中游移的云朵,不断地用洁白擦拭着洁白:而夜色,不断地加深!隐约可见的群山,在江对面绵延起伏,若流落于黑夜的马群,呈现出奔跑的姿势——

让我获得凌空的平静和苍茫!

是谁? 一直在努力地理解着:1993 年的月亮。

在郊区,尝试着把世界的一些声音和影子写进诗歌。F,当你绕过白色栅栏走出村庄的消息传来,迎候你的,是 1993 年月光下一个既定的格局。

无序。混沌。且零乱。

我是风。停止,就意味着消失。我能够说些什么? 又能够听懂什么?

所有的夜晚都能产生积极的意义。

1993 年的月亮,刀锋的使命:用词语,切割夜色——让我看到了真正的天空。

你是我回忆出来的感情

一个居室的下午,落入窗帘的幽静……

回忆的阳光,侧着身子进来。熟人的脚步无声地踱过走廊。那是我们在乡下,一段摇曳的日子。春天,为什么偏偏是春天——

我急于迈出,一枚硬币的内部:分离的命运?

回忆后退一步,呈现出一所靠近河边的房子。

我们曾经在那里居住。拖着泥泞的日子,道路被雨水冲洗了一遍又一遍。

我们回到血统,回到一个秋天的凌晨。

一个女性的伟大,正在于她的母性:让一个孩子,打开自己的故乡。

我知道,关于女性的伟大,卢浮宫的油画知道得更多。

——而你,是我回忆出来的感情。

(选自《散文诗·上半月刊》2007 年 10 月号)

牧　风

牧风（1970—　），藏族，本名赵凌宏，甘肃甘南人。著有散文诗集《记忆深处的甘南》《六个人的青藏》（合集）。

月光下的倾诉

掩住一扇门，囚禁住夜里寻梦的灵魂。

暮色四合的夜神，在你孤寂的门前徘徊。

今夜月光如水，中秋的祝福嘹亮你的窗棂。仰望远空，我看见记忆里你火红的纱巾在月光里摇曳，妩媚的心，在夜的静寂里开得灿烂。

酒醒之后，我们落坐在秋果弥香的山村。

花蝶翩舞，两颗心迷醉在八月的情歌里。那个月色朦胧的夜，让我生命的版图烙下最亮丽的记忆。

今夜的我心情忐忑不安，叩你的门，回声依旧。老去的时光背后，你正秘密地躲避一个流浪者的追踪。

这是何等诱人的风景？

当我满目灰尘，行色匆匆地向你走来，请你替我掩盖所有结痂的伤口。

推开月光下那片围在心灵上的槛栏，让爱在你的美眸里冲动。

终于，那天我看见成群的灵鸽从山村的月夜里滑翔而过，古寺的钟声撞击我的灵魂，面对乡村的岑寂，我能倾诉些什么呢？

叩你的门，我呼之欲出的是一首灿烂的绝唱。

远离闹市之后，赤足涉过乡村爱的废墟，而刻在年轮上的是对往事的刻意和眷恋。

远离污染，我种植的是乡村质朴的阳光。无灯的夜，我划动情感的叶桨荡漾在过去的故事里。

那边红马车孤独地奔驰而来，我的心为你抡起锣鼓。这中秋的夜，叩你的门，宛如启封一场千年的梦，伤痛如初。

今夜我告别乡间的石头，独自拉开和乡村的距离。

淡淡地，心爱的乡村，心爱的人。

淡淡地，乡村的面孔模糊不清。

遥看你的背影，瘦成月光里一条沉重的河流。

（选自《中国当代散文诗2016卷》，中国古籍出版社）

夜的眼眸

昼夜闭合的格桑。

那黑色里透出的孤寂和空旷，彻夜未眠的相思之苦，都在深夜里潮水般涌来。

今夜月光照彻草原，你就是那格桑喂养的花朵，在孤寂和羸弱里成长。

那些在民谣和奶香里浸泡的情爱，在昼的光影里沉睡。

牧帐外仰天长啸的狼群，那些漫长而焦虑的思绪养大的精灵。

纳污藏垢的阴暗角落，那些寒风冷雪中佝偻的魂灵。

黑幕下发出的浅浅歌吟，是你相思孕破的呼唤吗?

为何在落日的余晖里呜咽? 那遗落爱恨掩埋痛苦的经卷，在时光中透过寺院被红尘翻动。那些堆砌在暗夜里的海誓山盟，那些潜藏在灵魂里的彼此凝望，在黑夜里长成月亮的手臂，它们都迫使我倾听你的声音。

夜的眼眸，那撕心裂肺的挣扎，失落爱存留欲的渴望。

那失却光明掩埋呐喊的黑洞。黑幕中爆发的雷电，那些堆砌在暗夜里的词语。

那些潜藏在喉咙里的灵魂，只有在黑夜里独自哀鸣。

（选自《格桑花》）

文　娟

文娟(1970—　),女,山东平度人。出版散文诗集《暖色调》。

带你在远方

一

吃斋,念佛,将自己藏进山谷。

面容向前,用摒弃一路的脚步昭示淡漠与无动于衷。四周风平浪静。

我的伪装何其纯真,像白云与微风细雨般,令所有事物都不染伤口。

真相在心中幽居:是礁石,是火焰,是缺少阳光的金盏菊。它们沐浴血液也释放血液。

它们经过蛰伏的痛与静。

像一把琴只选择舒缓的音键,我只感受血液带来的温暖。

由此,我原谅道路的皴裂、时光的漫长,也原谅黑夜充满挣扎的特写。看蒙垢的野花在道路两旁一门心思地等,我似乎也坦然面对自己的举目无亲。

带着自己的影子,你的魂魄,连同每一种足以通过凡间的秩序,我小心走路,谨慎看云。一场六月的连阴雨洇湿窗台,那些与你有关的事物,它们尖锐,它们迟钝,它们无视人间的尘埃,但我必须在雨后原谅它们所有的过错。

一次,两次,N 次,或者更多。

过着油盐酱醋的日子,不食烟火的文字是虚幻。

而虚幻可以让灵魂开花。

用来爱,用来珍藏!

二

回忆像灯台慢慢吐着火舌,红色的是血液,是嘴唇,是暴乱的身体。

他们被蓝色的梦包裹,无比接近真实。

在心中盘算最完整的回归,我无法阻止月亮的隐身,像无法阻止一场孤独泛滥的情绪——

看到声音,看到眼睛的闪电,看到降临而又即将离去的身影将我带离尘世……

黎明压制我的梦,压制黑夜的墓碑。

此刻,鸟鸣清亮,房檐挂着温暖。将长发绾成一个沉甸甸的发髻握着沧海、桑田，和某段年龄上与你共同的时光，我要继续这天涯，这偏离额头的犄角，这脱节的梯子……

拒绝一片一片湿鞋的水。无数个春秋之后，我依然面朝相反的方向，并不断地与路边的草木提及离合。踩着泥泞、坑洼、规则与不规则的石头。

叶子上的光泽像一种眼神，为一枚熟透的红豆祈求遥遥无期的事物。

三

风声再次跨过矮墙，跨过修剪整齐的栗子树，但并未带来你的消息。

善于做梦的长发被吹乱：牵手、拥抱、亲吻，缠绕的姿势千万次地滚下额头遮挡读世的视线。

抬头间的从容有你的余音，只是很容易被两鬓外边的麦田打断。它们长势很好，声势接近涌动潮水的海。浪花是蝴蝶，暴露世间花粉与自己的情事。

将长发剪短，剔除霜气，我在等待什么？

一切未空，一切未满，一切年复一年。

草木伊始逢春。剪短的头发也再次策马扬鞭，越过肩头的辽阔一路向背，像我一样流浪或心神不定。

而脊背漫长，三千丈深远。肋骨匍匐的红楼始终不肯秋林染尽。

草莓心不断涌出血，回流，需忍受怀念的血管如此绵长。

（选自《中国诗人》2016 年第 4 期）

苏若兮

苏若兮(1970—),女,原籍安徽滁州,现居扬州。著有诗集《缓解》。

网

一开始,我想把你写成一份说明书。

黏连,霸道,无理,一副黑老大面容。

可你在万千世界中,独独搜罗笼络囚禁了我。

除了遥相呼应,我的表现和其他的被擒物多么不同。我的内心有疯跳,战栗和狂喜。

静静地蛰伏在一个偏僻的角落,仿佛,不,不是仿佛,是已然等你很久了。

等你来爱,用绳索,束缚,意外,用千丝万缕的胸怀。

让小于你的我,茫茫然,入梦……

梦着你来覆没我的全军。

我本全副武装,但我这样生硬不愿展翅的飞虫也得了常人爱得的相思之疾。

我病了。卑贱如一只不愿展翅的懒散的虫子。

被你网。用真实的唇舌,手掌,胸膛,用浑身散发的雄性气息。

从此，你多出万份柔肠。而我，多出一份刻骨。

从此，我有不尽的丛林，沟壑，深渊，河流之路。

险象环生，危难重重，但我，认了。

从此，我看中的词，和看中的人

都设置迷津，让我困惑让我悲苦让我兴奋让我痴惘。

从此，只作我一个人的旅途。

我只在你一个人心上行走。你宽我宽，你窄我窄，你动我动，你静我静。

浑然一体时，我是大隐之人——

隐，只隐于你。

这一生，你还会收去对我的心思不？收去时，请给我一个名字。那些撩拨我身体也撩拨我灵魂的注视拥抱句式与契合之举，我不放下。你放下，胜利的不再是爱情。

我那么相信不忍和忍受之间生出的动荡和迟疑。

再以后的日子，我挣脱不了了。

任你环我绕我粘我捆我投入我。

天，这算是表白？

我不放下我的叙述，你是那么一本不能了然、要我原封不动抄袭的说明书。

（选自《大诗歌》2012 卷）

王忠友

王忠友(1970—),山东平度人。出版散文诗集《断脐的地方》《谁喊住我》。

月色里的思念

坐在柔软的月光里,一朵石榴花,悄然爆裂在肩上。

才知道思念的泪水,落满了草根。

一枝荷,于塘之深处,摇落多少寂寞的尘世?有谁懂得它刻骨的忧伤?

坐在岸边,竹马依旧。青梅已回桨声灯影、水做的江南了。

我已习惯时光的慢,和垂下的星光乃至悄悄地暗。

因为你的桂花香的唇,梨花弄雨的呼吸,和江南燕子青草般的绵绵情话。这时候,每一瓣思念,都是我干净的泪水;每一丝隐痛,都是你的美和毁灭。

今夜,我要手捧那缕青丝,骑着梦中的竹马,从山牵水连的齐鲁,到水歌四起的竹楼人家,寻你。你说过,有软歌侬语的地方,就是你的归处。

此刻,飘来的,是否你前世的裙裾,还有我说不出的苦……

(选自《散文诗》2013 年第 2 期)

大雪覆盖

雪。大雪。像是一次浩大的约定。

雪停之后，那些疲惫的影子、飞起的鸟雀，纷纷逼近远方低垂的河山。

你行走的江南，是独立寒江、两行归雁，还是一枕清霜、半窗月明？

你心爱的围巾，看孤寂老去；取暖的火盆，还留有去年的碳粒。火盆之旁，那只善良的小羊，依偎着咳嗽的爹娘，回忆着尘埃一样的往事。如此的简单，平凡，依恋。之于这个世界，米粒儿大的幸福，便让他们泪流满面。

大雪覆盖。村庄，忍受疼痛的风。

半卷诗书，足以安心。三分薄田，足够立命。

你不必承诺故乡，我也不敢兑现远方。

就做窗外的那棵苦楝树吧，忍受思念的饥饿，把爹娘守候，好好过完每一天。

一抹残阳，来自天堂，站在高高的山冈，温暖着，等待你归来的篱笆墙……

（选自《散文诗》2013 年第 11 期）

相思河边

瞎子叔的二胡，把小沽河岸拉得又湿又长。

心窗，敞开着。

河声柳影里，只见渔灯盏盏，不见你折叠的，背上点燃小灯笼的千纸鹤，还有我们给起的一个个名字。

蛙鸣十里，水声清冷。

点一支相思。

你的影子踏水而来。头顶上，有一枚叫人想哭的月亮。

我真想上溯千年，下溯万年——

为你吻去脸上再也流不回去的泪滴。

（选自《青岛文学》2002 年第 7 期）

雪　漪

雪漪(1970—　)，女，本名许冬梅，内蒙古锡林浩特人。著有散文诗集《我的心对你说》《灵魂交响》《春天的合唱》等。

关于梅的援引

梅，在我的生命里居住了很久很久，久成一座古老的城堡，装着神秘的前尘后事。

许多年来，我的一颗心始终为了梅展开想象，走在一条千里之外的路上，走在二月和三月启开的唇齿之间。

又穷尽想象：这样的一个缺乏诗意的年代，梅会如何为我打开春天。

于是，我站在一个属于境界的地方，陷入不知所终的寻找，并且陷入不知何年的等待。等到“花褪残红”，等到“绿水人家绕”，等到我再也无法长高，依然，我自随意逍遥。

从左手到右手，寻找一种感觉；从思想到精神，等待一种缘分；从眼神到心灵，迸发一种超越；从血液到精髓，渴望一种贯穿。

等到天空的白云走了又走，等到大海的心事皱了又皱。为了一次等候的出场，我执意实践一次远行。于是，我选择随心灵放逐。无论哪里的天空，每一片流云，都是我潇洒驰骋的坐骑。

在离开故乡时，我只带着对家怀念的年代和对家情景的期待。

世界这个词抱着地球，的确太大，人这个字虽然才一撇一捺，却实在很拥挤。我是一个水手，把此次意义上的远行看成是我生命历程的最后一场豪赌。

寻找了多久，就等待了多久；等待了多久，就寻找了多久。多久的岁月让我不知道是自己把自己落在别人的后面，还是自己让自己走在了自己的前面。

就这样，我随秋来，就遇到了那个藏在我身后的你。许多时候，共同说出的一句话，让你真像我，让我真像你。原来，我们说的都是爱。

谁知道，爱和爱，这宿命纠缠的关系！怎么这么合拍，仿佛离奇，幻美而又纯粹！

青有多青

你说，哪天陪你去踏青吧。

于是，我就跟在四月的后面，走在夏的前沿，嘴里念着一片不知名的野山坡，如痴如醉地等着哪天。哪天，有一场不经意的弥漫。于是，我陷落在一团臆想的春光里，显然，不知道春光有多少可以节余给我。

接下来的这些天，自然的肌理润润的，天气笑眯眯的，笑意也达到我的理想境界。我把踏青理解成一个抽象的概念，至于它的社会属性，我没有深思，只浅浅地联想到：绿色、人文。

嘈杂里，不能拯救的内容太多，我需要让我的视域多一些辽阔。偶尔，走出一个人的城，走出闹市的熙熙攘攘，这个思路加速了我的向往。

我越来越迷恋文字和文字搭配的魅力，文字占据着我的大部分黄金时间，我给自然的少之又少。我明明爱着窗外，可是，我简单到了然于胸，已半个月没有下楼，这懒惰的、沉淀的习惯！

抬抬眼，我不知道窗外的大地是干燥还是湿润，是坚硬还是缠绵。

满心桃花盛开的思绪飞扬，我纵情地想着，你带我踏入的地界，润有多润，青有多青。还有，青的意义、青的情调、青的状态、青的结果。

我用心，用时间，也用文字在这里惦记着，踏青！带着自己的缱绻风情，心已柔软。沉静或者澎湃，都缘于生活的点点滴滴。

青，在远处。我，在住处。

关于到达，之前，是洞悉后的空明。

青，谁解你的如饥似渴？

迎迓浮世万变，简单到黄黄绿绿都是为了情，为了爱。我经过的时候，就是我留下记忆的时候，我沉浸的目的在于捕捉。

从青到绿，从黄到青。青，我想最终是一趟远去而又驶来的列车。

（选自《山东文学》2016 年第 3 期）

徐俊国

徐俊国(1971—),山东平度人,现居上海。著有诗集《鹅塘村纪事》和诗绘本《你我之间隔着一朵花》等五部。

晚　期

真正爱我的人,很少,真正恨我的人,也不多。

如果,爱我的人比恨我的人,多一个,我希望,这个人,正好是你。

无论你拥有过什么样的朝霞,我都愿陪你散步,度过夕阳的晚期。

第三朵

初秋的山顶,风擦亮空气。轻雾遮住下界。

我在巨石上睡去,在板栗爆裂声中醒来。

迎面走来三朵白云,一朵轻蹭睫毛,一朵擦过膝盖……

第三朵有些神秘。它越来越慢,到达我时,彻底停下来。

就在一瞬间,白云把我抱进白云里面。白云把我当成了它要附着的肉身。

我意外得到一朵灵魂……那么白，那么美。

尴尬

我盯着兰花看，一如初见。它有些不适，慢慢关闭了香气。

山坡收紧了我的尴尬。

贫穷

在我最贫穷的时候你爱上了我，我因此对贫穷充满感激。我更加喜欢这简陋的小屋、干净的大米、断断续续的炊烟，还有这空空的双轮马车，落日的平静……

你看着我在生活中挣扎，疼着我的疼，湿着我的湿，看着我摊开稿纸，写不出一个字。我吞下许多星星和药片，一天天老去，还是贫穷。

你把粗糙的手给我，我吻了吻，流下三滴泪：

第一滴，你说下辈子还嫁给我；

第二滴，你说灰烬和火焰有着同样的热度；

最后一滴，你轻轻弹去我肩头的灰尘，转身去做我最爱喝的苦瓜汤。

（选自散文诗集《自然碑》）

卢　戎

卢戎(1971—　),女,山东青岛人。出版报告文学集《相逢是首歌》《中国本色》等。

我用血液在阴暗的墙壁上画满窗子

进藏的路上,大雨。道路不清。我和我的爱一起匍匐在地,向着属于我的香格里拉前行。

这是我今生仅有的一次朝圣,你是我的信仰。

与你相遇是我最虔诚的向往。

我沐浴更衣,剔除芜杂,诚惶诚恐地朝拜你,此时你离我最近,近到能清晰地看见我的灵与肉有多么干净、纯粹。

你承接了我的所有苦难。你有喂养我精神的谷物,你有医治我顽疾的良方。我慢慢地转向灰暗的时候,总能看见密密的灯盏。那是你啊！你是神奇的,你竟然会发光。

你是我的香格里拉。高高的圣坛之上,你是历经战乱后最安宁的居所,你是淘洗杂念最好的地方。和你在一起,我远离了魔鬼。

我不懂,为什么花开了更孤单,人群中更寂寞。你会告诉我很多答案:疯狂,发生在善与恶的此岸还是彼岸;矜高、坚定、期待的必要性;健忘,是危险的还是有益的……

我只有不断地学习，以锻造对付悲伤的盾牌。我不爱哭，但是看到你的眼睛我就会哭。

你的双眼能洞察世上的一切悲欢，洞察我的悲欢。你目睹着我的柔软与激情，包容着我的任性与肤浅。

我的生命在一次次失足后，获得新生。和你在一起，我想飞。

我用我的血液在阴暗的墙壁上画满窗子，只有你相信，他们能透出亮来。只有你认为，那些被心火烧过的泪水都是合法的、澄澈的。

我从不会被知道，也不会被遗忘。你知道我，并不会忘记我。人们经过我，常常如裁纸刀划过，但是，你不会。

我就日日膜拜，收藏那些德泽，装订进怀念的书册。

我的香格里拉

你说，桃花在春天里疯长的时候，你就会来。如今，梅已经在发布新的消息了，你为啥还不来？

你说会让我在你的诗里放歌。十年了，我依然在你的诗外花开花落。我常想，如果躲在十年前的那首诗里，我静静地等着，也许你就会来。

我把我的寂寞缝进黑夜，笑容才能绽放在清晨。这聒噪丰盛的世界五花八门，而我触到的只是凉薄。

那朵在角落里迟迟不肯开的百合，怕疼。沉默，她疼痛无比，诉说，许会加剧她的疼痛。想那赏花的人遥无归期，百合也将郁郁而凋。

无法阻止心底深处火焰的燃烧，而那阴晴不定的眼神是否明示，擦肩而过，只属于擦肩而过？

我应该无所惧怕，要属于我的一切。应该要那个伟大的自私，用来战胜时间路过时踩踏的伤痕。

我应该告诉你我的想法，可是我没有。

我宁愿活在这虚无的等待里，用竹炭般的热度坚守着岁月静好。

亲爱的，昨夜做了一个梦，香格里拉遍地花海。你来了，而且给我特制了一个称谓，那是和谁都弄不混淆的。

秋天的心事

从你走后，雨就开始下。你在忙着赶路，我在忙着想你。雨一直下，闪电划过整个八月，也追不上你的脚步。

雨还在下，它想下到你回来。

暮色已深，一群飞鸟带着我的心事，飞向有你的傍晚。羽翼扇动的轮廓，温润了这个季节的目光。

我看见你反剪双臂，走在哲人散步的小路上，伫立、凝望、若有所思。两侧围墙清冷、苔藓遍布，片片落叶弹奏着秋的离殇。

你举起了相机的一刻，是否想到了一双潮湿的眼睛。

这世界不确定的东西太多。我不确定这世上有什么真正属于我，连你我也不确定。

我只确定，有你，日子就能变得丰沛而富足。

我在你走后日日吟唱。老曲新词，老词新曲，直到唱瘦了这个秋，直到把一场金黄色的忧伤，唱成了一首绵远的回望。

那些美丽的憔悴夜夜凋零，每一瓣都刻满了你的名字。

以前，我和你隔着鱼和水的距离，如今变成了天空和土壤的关系。

想你如刀般的目光，何时来收割我的彷徨。

你回来时，夏天就走了，你错过了半个夏季，就不要再错过了我。

（选自《青岛文学》2016 年第 11 期）

陈平军

陈平军(1971—),陕西人。出版散文诗集《边走边唱》《好好爱我》《心语风影》。

方 位

清晨,你崭露头角的半截微笑在左,浑浊比例不明的鸳鸯水在右,我在未知的迷途中无法测量激情的长度,犹如,时光都没法预测的结局,当然更不知道,要消耗多少颗晶莹的泪滴,才能检验一颗珍珠的成色。

正午,我在祈愿的短暂的小栖中,白日做梦,你在空旷中无动于衷,鸳鸯水在离你近离我远的桥梁下反着白光,他看我们梦境的飘移,好似一个远古的传说,或者一个不着边际的笑话。

暮鼓阵阵,步步深入,走向的是谁的天籁?

虽然,你毫不知情地走向我设置的迷宫,也看不清你的倾向。

一滴望眼欲穿的露水,开始奔袭,穿越浑浊与清澈的界限,何时,那霞光万丈的期许,与浩渺的坚守成为彼此欢愉的一部分!

我想说,我们的无奈必须接受这个与生俱来的纠结,无论清澈还是浑浊稍占上风,都会是,都是幸福与苦难在时光里的纠结,所有有关想念的命题,都将是一个无解的方程式。

所有徒劳的挣扎,这个艰苦的解题过程,以及在爱情这个博大的命题前消耗的时光的粉尘都将在虚空的广场上消散。

你转身的那一瞬间，就是下一次相聚的无边期待的开始。之后的午夜，任由无边的渴盼在旧时光的城楼上游离，他找不到一盏灯光可以安营扎寨，像这个深不可测的夜色那样迷茫。

时光开始迷离起来，亲爱的，你能不能给我一个支点，让我撬起这夜色的沉寂，把疲惫和黑暗随意藏匿，不让他阻碍灯光的闪亮。

（选自《星星·散文诗》2016年第12期）

唐朝晖

唐朝晖（1971—　），湖南湘乡人，现居北京。出版《勾引与抗拒》《通灵者》《梦语者》等。

明亮的星

灰色的树枝铺满世界，跟随一个又一个梦，而你说，梦会随着你的离去而消失。你到底在害怕什么？两个久久不能在一起的人，有平和道声晚安的机会吗？

你害怕明天的太阳不会在我们晚起的窗前照耀群山，你说到牧师的职责，有如谈起一场孤寂的葬礼，你谈到想念，说起那片湖水，我们不是要游到对岸，而是感觉湖水对身体的每一次亲昵，每一次耳鬓厮磨。

你无助于大雨中白色布匹的紧迫，爱意浓郁，那一场大雨不会停止在太阳升起或黑夜来临之前，每一个时刻，风都在改变着风向，没有一刻相同的你站在我面前。我也是，不然，你的呼吸会消失在我的文字里。

犹豫的爱溶在敲门声里，你在窗外微笑，
比黑暗更黑的暗，
比明亮更明的亮，
都是给你的。

死从五岁的时候就开始寻找坟墓,你除了活着,什么都惧怕。蝴蝶飞满屋子,一屋子的死亡,你说,你来到了我的房间:明亮的星,和冰凉的大雨。

温暖的家人从世俗的繁华中仅一句话,时间变得美丽,母亲超越于一切之上。

我把你的头发带上,离开这里的秋天……

去一个窗外有野花,山坡上有葱郁的树林,野兽无数。侧身相拥的一次次离别,母亲会住在不远的地方,那个有野花和西红柿小枝的院子,时刻出现在你的喜悦里。

你在我身体里呼吸着一场又一场的绝望,到底是谁的身体在大雨中走来走去。济慈说:就这样永生。

(选自《2013 年中国新诗排行榜》)

香　奴

香奴(1971—　),女,内蒙古兴安人,现居珠海。出版诗集《佛香》、诗文合集《不如怀念》等。

红豆是颗朱砂痣

一

秋千高过了白杨,我就不见了。我从云彩的边缘线逃离了青春的第一场雨。我只借彩虹之躯与你遥望。

匆匆数年。

我无数次想起北海的荷花和白塔。那些水波里袅袅升起你白色的新娘,当我老了,她们仍然娇艳欲滴。

尘封的流年里,栽种了红豆。

一颗漂泊的朱砂痣,停在了我的心口。

二

我没预料过,有一天我会穿行大漠,烈日和风竖起火焰,我的肌肤在白衬衣下灼伤,而那颗红豆,完好如初,温润如玉。光阴和淡淡的思念打磨出别样的玲珑,这使我的身体洁白,目光纯净。

我在饥渴里独自穿行月光，穿行胡杨林。

没有雨季。骆驼蒿伸长了针刺。那时我一边一边咀嚼你的名字，吞咽那些大块大块的岁月。活下来。抵达月牙泉。

三

夜深人静。最好有三两声蛙鸣，在水路旁边，偶尔说起萍水相逢。

那些盛夏里疯长的豆秧、藤蔓、豆荚，那些饱满而崭新的种子，将与我的幸福密切相关，也直接影响着秋的成色。

我在你的远方，布置了天罗地网，用石绿、翠绿、墨绿和嫩绿交织，也用朱砂痣的红。也是红豆的红，滴血的红，杜鹃染红大地的红，秋叶抗拒风霜的红，千山暮雪里埋葬的红，楼兰故人佩戴珊瑚的红，霞光和海市蜃楼反射的红，大火烧了半边天的红……

你抵达这苍茫深处的时候，万象俱灰。

所有虚设都已空无，所有繁枝末节都已删减，这一生变得言简意赅。

红豆，是颗朱砂痣。这多像疼痛的靶心，连着我的任何一根血脉。随时准备，赴汤蹈火，履行秋天旷野里，唯一的誓言。

（选自《精彩》）

卜寸丹

卜寸丹(1971—),女,湖南益阳人。出版散文诗集《物事》。

你在哪一个城市的灯楼

一

你在哪一个城市的灯楼?

我生在风的中央,我的头发松散了,深掩的星就在里面,距离越近,离你越远。

你在哪一个城市的灯楼?我是风的孩子,我会温柔地吹熄你摇曳的姿态,然后我会藏起来,在你的情人善睐的眼底。

桃形的心烙在我的眉间,花瓣的唇印在我光洁的额头,我的卷曲的长发远远地飘舞成意象的原野,我用云彩裁剪的裙裾渐渐地漂染成了天空的苍蓝,我赤着的脚丫沾满山林的晨露,我裸露的手臂上系着的铃铛已清脆脆地摇响。

这时,你在哪一个城市的灯楼?躲在光影里,朝我灿灿地微笑。

二

我舞在风的中央，我居住的房子在风的边缘，有缤纷的花片铺满我朝圣的路途。

我一个人走。

任性的小风或许会细碎地敲响你的门扉，你曾经生满玫瑰的门庭。哦，这幸福无边的门庭，现在我觉察了残破的契机和美丽的羞色。

很渴。灼痛的心很渴。

一如岁末之夜的烟花，熟悉的一切在天际哔哔剥剥地爆响，烨赫但是悲凉。呵，这是谁的旧事？是谁的心？是谁的爆落？

紫红的泥地生长我青色的渴念，那挂满枝头的是你声声如韵的微叹。

三

水的中心，沉醉的中心，到处飘满蛊惑心灵的歌吟。

呵，这蒹葭如诉的歌吟，这雎鸠缱绻的啁啾，使我的心动。让我在这里小憩，我是风的孩子，我是你浅笑的风中的小妖呀，让我在这里停留，让我泊在你明净的心头。

我还要飘，我是注定还要飘的。

荻花飞扬，那时节，让我像来时一样的，在你月色的目光里，我一个人走。

记住，昨夜的低语会留在你温存的水的梦乡，而我的心底，除了落红，便是你默默的背影。

四

我泊在风的中央，静坐如莲。

风，不灭的风，放荡不羁，狂飙在长空，在高原，在河川，在你剪水的瞳仁……

我有一双风眼，深深的，如井。

这里，素淡的雏菊是我们不朽的献歌，流泪的清泉是我们圣洁的洗礼。

我佩戴着缨络，我用金丝的流苏装点我的衣裙，溯风而上，低洄风中。呵，何处是我的皈依？是风中的魂，是心，还是我的本身？

你就在前面，绽放黑色的媚笑。我走近你，我总是走不近你。这虚空的风的世界！

呵，爱人，你会在哪一个城市的灯楼？辗转不寐，编织我们不老的故事。

（选自散文诗集《物事》）

余利红

余利红(1971—),女,贵州茅台镇人。出版散文诗集《勿忘我》等。

红尘有你

一

秋天正在来临。

你正在来临。

如何说出你,说出你清微的清,说出你淡远的淡,说出你额头的美,说出你指尖的暖,说出你芦花飞雪的鼻息,说出你烟岚笼罩的私语。

如何说出你,我高高在上的诗篇,需要另起一行。

二

我先说起我的马匹,我的南山,多年前,我在那里翻土种粮。

我再说起我的打谷场,我的彼岸花,和引渡不回来的毛边月。

“阳光移动的表述,摸到了风的身体里面。”如今,爱我的,有的混迹于人群，有的消失为炊烟；我爱的，起初是别样的云彩，现在成为他乡的沟壑。

我并不想责怪那些引领我的思想，尽管去年的时候它喊破了嗓子也驱不尽荒凉。

我也不指望人生如歌，因为很难相信一段音乐能把一切打开，又在打开后把另外的一切收割。

我承认，我时而波浪翻滚，时而河床干枯，就连爱，都爱不起来。

三

在我的身边，绝对有虚拟往日的花朵。在我的心里，肯定有悬而未决的星星。

扶墙的酒瓶，深度的迷醉，口述的光阴，不羁的灵魂，水做的骨肉……其实，我是我非法使用的句子，一个移动的虚词，我很快尾随时光的列车驶入长长的隧道，空洞的生活，一望无际。

"如果有人合掌祈愿，神便俯下身来聆听？"菩提树上闪烁的祥光，许愿池里扔下一枚硬币，我要的世界太完美，就连自己都不能给。

四

风起云涌时，此刻江湖更改。

山河依旧处，那是梦里情怀。

卷来一道沙，飞去一片雪，野地、麦浪、秋声……人间四季如此俊俏。然而，诗意散淡的日子，与我隔着一段童话般的距离。

然而，我的爱是如此唯一、绝对，像玻璃的两面，坚硬、透明、细微，摔碎了还是自己。

然而啊！我的爱是这般偏执、狭隘，像蜂蜜的针尖，痴狂、锐利、具体，假如一息尚存，我只想把她奉送给你，你知道吗？这囤积毕生能量的过程，耗尽了我的青春和爱怜。

五

如何说出别离，说出那竭力抑制下的依恋和感伤，必须说出一些永逝事物的去向，如何让澎湃的心，构成缓慢下来的淡淡时光；必须说出黄昏的空旷无边，并不具备你所说的燃烧，却又游移着穷途末路的凄凉；必须说出你门前迟疑的某个转身，是爱经过的地方，预示着一个人内心多年熄灭的愿望，有一道暗影就伴着一道光芒！

六

必将有一座高山使我终生惊叹。

必将有一片大海把我彻底淹没。

这是最后一封情书，请你好好珍惜！请阅读最动人的部分，请与众神对话，请重新审视我的一生，我的手和我的脸，我的灵感和罪恶，我与生俱来的沉默和荒芜，我神秘主义的忧伤和自然主义的爱情。

红尘有你，我步行到秋天以外，那些与你无关的日子，通通夷为平地。

红尘有你，我曾经怎样把爱仰望，就该怎样把爱膜拜。

（选自散文诗集《勿忘我》）

杨建虎

杨建虎(1972—),宁夏彭阳人。著有诗集《闪电中的花园》、散文诗集《时光书》。

早　春

早春三月,我依然在荒原上奔波。

我是为采访春耕备耕而来的。在西海固山地,雪搭载着洁白的梦想,依然在飘落。一片一片的雪花落在干渴的土地上,茫茫高原之上,我尽力寻找春天的消息,阅读人世间烟火与沧桑。我走进一个个温棚,看青绿的苗木郁郁葱葱,看这个季节惹人的辣椒和西红柿,看土地之上农人们欣喜的笑脸。是啊,虽然春寒料峭,但人们已经开始忙着备耕。我静静感受着春天的馨香和泥土的芬芳。而山坡之上依稀可见的雪,正悄悄滋润着西部高原辽阔的梦想。

在银川平原,黄河水被引入水渠蜿蜒流淌。我看见开始春耕的农民、悄然萌动的草木。平原不说话,但平原之上的阳光,比我想象的温暖。早春的阳光穿透所有的空气,古老的民歌从田埂边传来,在这静美的平原之上,我是多么希望挽着你的手,一起走在原野之上,一起唱着自由的歌谣,一起唤醒春天最初的爱情。

想念一场雪

凌晨四点，我已经醒来，确切地说，是被风叫醒的。外面的风在尖叫，拍打着窗户，让人感到可怕、恐惧。季节像一匹急性子的马。在这座城市的冬天，我在雾霾里呼吸着不洁的空气。一次又一次的感冒，灰蒙蒙的环境与背景，使我对生命丧失了激情和希望。

这是个无雪的冬季，在城市灰色的背景中，我会想念故乡的雪天，当大雪弥漫村庄，那么安静的时光里，我们可以在田野里堆雪人、打雪仗，我们可以在场院里扫开一片雪，支上筛子撒下麦粒去诱惑那些饥饿着的麻雀。我们可以在烟火繁盛的窑洞里烧土豆，就着自家腌制的咸菜，熬着黄酒，享受生命难得的暖时光……

这个无雪的冬天，人到中年的我，内心似乎失去了冲动、敏感和发现，呈现出苍白、疲倦、迟钝的气象。是啊，在这一年的最后一天里，我要写下这啸叫着的寒风；写下干冷的苍凉，写下内心的焦躁不安以及淡淡的哀痛……

想念雪，像想念梦中的你一样。

想念你，像想念一场雪一样。

等　你

初冬的午后，暖暖的阳光照着城市的草坪、树木、花朵。我在这个城市的中部独自行走，一大片一大片的森林，隔开了喧闹和嘈杂，一大片一大片的绿地让城市安静下来。

在广场的石椅上，我独自感受阳光的爱抚，怀揣着一颗等待的心，我等待一股风，等待一片云，等待一场雨。

我是一个随遇而安的人，我会在这样一个安静的地方等你，我期待着你慢慢走来。在深秋或初冬，我都会以一颗害羞的心，看落叶缤纷，大地安于天命。我看着广场上的儿童、少年、青年、老人，一双双走过，清亮的水不断洒向草地，一棵棵红红黄黄的树，没有拖累和负担。一道道闪光的色彩，打动着我的目光。

而在黄昏即将来临之际，你会伴着我。走在洒满落叶的小径上。秋风吹动着那么多的往事，记忆渲染着那么多温暖的场景，我不知道该用怎样温情的诗句表达那曾经历的一切。

当斜阳透进深深的木格窗户，洒在古典的桌面上，暖暖的光线似在弹着一支缓缓的乐曲，四处流淌。

茶、酒、古典的曲子，我承认我爱这里的全部。

听着你讲述过往的一切，那么美，那么让你留恋。此时此刻，我真不知，醒和醉的界限在哪儿？

只是不久，夜便来了。

在这个城市的夜晚，我会独自一人迷失在深深的梦魂里……

（选自《诗潮》2015 年第 1 期）

霜扣儿

霜扣儿(1972—),女,黑龙江人。著有诗集《你看那落日》、散文诗集《虐心时在天堂》。

血爱

——听古筝曲《霸王别姬》

1

嘘。

丈罗红如梦。

眼眸似海。

宛转啼过,百万凶狠消失。

良人,这一夜始,这一夜终,这一夜只有天地青青,没有血。

送一句微微轻问吧,良人,英雄,征杀涂地,志落鞍马,此日,你唯一是你,我唯一是我。

无间,离索,竟然浓浓过。

收了钢剑,咬了喉舌,良人,我软了,化作千条细丝,勒进你的魂灵;我复弯了,我缠成你手上永世那朵!

2

不需渴饮了。

亦不需珠玉。

亦不需城池如狱。

小帐有涯,我舞一支生年无限,你便是我生生有念,处处关山。

成几何,败几何,夜半星光一抹。

得几何,失几何,秋来草叶几棵。

来,歌一曲!来,斟一杯!来,良人,英雄,铁,丹心,霸气,家国!

来,送一程,送一程厚重风波!

来,留几道平生婆娑!

咽了,金戈挑下尘埃。

咽了,尘埃起开。

良人,来我的怀,来我的,死后归来!

3

丛林不提,大漠不提,宽袍银玉不提。

这条生途自生处生，自尽处尽，自生处尽，自尽处生。

绝唱一阵，香风起。

拦了天下多少荣枯事。

绝唱一阵啊！

天下已无荣枯事。

良人，回将我爱。四方云动，勿站在猎猎风中。

英雄啊，累了双足，来，转头给我笑容——我们已失却无争太久。

来吧，念一粥，思一布衣，谈一场无杂风月。

来吧，避听钟鼓，且以击掌鸣金，收兵。

来吧，良人，英雄，内里乾坤正等！

（选自散文诗集《虐心时在天堂》，扬子鳄书坊出品，2016 年）

王小玲

王小玲（1972— ），女，山东胶州人。作品见于《散文诗》《星星》《诗刊》等。

在仙女湖，我只是你的柴米娘子

1

临水照影，我褪去羽衣，脱去外衣、中衣，打开层层的枷。

露出最后一件小衣，等你解开，那枚小小的扣。

一头扎进湖水，赤裸如雪，你命定的雪。

湖水荡漾，春光正好，蜜蜂打开花朵的门。

岸边的李子树，头顶着所有的白，倾尽一生也在最高处的白。

不必想飞天的羽衣，我只想在人间陪你慢慢老去，直到骨骼生锈，皮肤皴黑。

但我的白，在今夜，要为一个叫非乐的书生彻底盛开。

2

每天早晨，我在水边舂米或洗衣，我们的木屋隐在花海深处。

炊烟袅袅升起，你的手在温暖地摆动。

每天早上，我以湖水为镜，一片霞光照过来，我顿时凤冠霞帔，面色酡红。

就像你正用凤辇仪仗来娶我。

阳光好的时候，我们在湖里游弋，浑身湿透，拒绝上岸。

岸上的女贞树落下细碎的小花，我们俩藏在花香里。

你说我的身上有一种奇异的香，我不打算告诉你：我的身世，你在，这些香就在，即使有风，也不会散去。

3

我湿漉漉的心为你保留，初遇的羞怯、单薄、洁净和矜持，任你穿越。

我们有明月的肉身和金子的光。

你伸开双臂，手心里长出苹果、玫瑰和麦穗。

我喜欢它们的香。

我是你温和而慷慨的女人。

因水因香而死，或者新生。

这是我一生最神圣的仪式。在俗世之外，在灵魂之内，在生命之上。

原来，天上千年，远离水，不为静享仙境，只为等待一条河流，将我彻底带走。

我不要你为我歌唱，叹我倾城又倾国；不要你为我华衣盛饰，金樽美食。我只需你给我那一湖水，那满坡花，那遍野的田。

在仙女湖定居，亲近湖边的粮食和野果，你是我的烟火男人，我是你的柴米娘子。

（选自《诗选刊·上半月刊》2017 年第 8 期）

赵大海

赵大海(1973—),本名赵均宁,祖籍山东日照,现居青岛。出版诗集《父母在上》。

疼 痛

眼神的小鹿,躲过晚自习,碰了碰,便相约出逃。

两丛不安分的枝丫。

踩着马路,低语。厚棉袄保持着几毫米的距离,偶尔摩擦,蹦出二月的小闪电!

而我,课堂里,英雄牌钢笔,踩着日记,窸窸窣窣,涂抹出人生第一场雪。

一枚星期天的月亮,吞吐冰霜,骑自行车,一路跌跌撞撞——

摔十几个跟头,二十几里冰雪路,顶漫天星斗,来到谁家村子东头。

和一袭长发的香气,在松树林里踏雪,探讨春天!

而你,在中考前,突然消失,犹如穿越到另一空间。

两个月之后，一朵花，被村长的儿子摘取！

那座叫作老窝棚的父亲，病入膏肓，需要金钱的光芒！你的一封信，纷扬着，带着泪痕，将我淹没！

我狠狠地转身！七月，开始下雪！

而你是岁月在我深处埋下的一颗种子，每每当春，就开始撕裂、萌芽——

让我再痛一次。

雪 祭

飞速擦过面颊，留下道道湿漉漉的隐痛，远去的芬芳中，空余一把苦涩及幽幽的低泣。

当你化身嘤嘤之声，过来索债！一个女人的怨恨，直接而具体！

我毫无怨言，我亏欠你一个前世。

我交出自己！让你彻底落下来！在我的胳膊，我的额头，我的鼻尖。

俯冲下来！

痛到极处就是痒！

当初的松树下，当初的雪，埋葬月亮的地方，这一弯腰就是

20 年！捡拾不起的松针和疼痛！

到底用什么样的姿势才能够握住那种高洁和尊贵？

一路小心翼翼，一望无垠，我走在一种

深刻的感激里，按捺深层的感动。

她们最终成为我诗歌中最闪亮的部分，成为我生命中

最沉淀的部分。

（选自《狂飙》1997 年 3 月 15 日）

高处的巢

候鸟纷纷坠向远方，连同叶子！一夜间，仅剩旷野及拼凑的枯枝——

驻足仰望，巢在高处将我系住！

多么入骨的见证，抓紧最后的衰草及残羽，让我重温昨日

断折处的疼痛。

天空骤变，雷被苍凉之手痛苦按捺，大雪迟早要来。

曾经盛放爱情的东西，最终，
被谁遗忘？

唯一可以点燃的一堆残骸呀！让我揣上它，
继续北上。

（选自《中国新作家报》1994年6月1日）

堆　雪

堆雪（1974—　），本名王国民，甘肃榆中人，现居新疆乌鲁木齐。著有诗集《灵魂北上》、散文诗集《风向北吹》《梦中跑过一匹马》等。

一朵花咬住了爱情的肩胛

一朵花，咬住了爱情的肩胛，却不让它说出自己的疼痛。

爱情，剧烈得像一场跑过戈壁的雨。越过地平，跃上田垄，穿过玉米宽大的叶子和我们不堪重负的眼睛，与风长久地交织在一起。

在一场幸福的角力中，我们的浑身布满泥泞的雨水和湿滑的道路。在苦难的逾越中，终于交出自己，守口如瓶的家底。顷刻，把内心变得一贫如洗。

在一场荒凉的雨水里，玫瑰吐芳，艾叶飘香，庄稼成熟。芬芳的骨头裸露雨中。泥泞的睡梦里，散发耳鬓柔软的香气。

在一场荒凉的雨水里，高贵的心降下白旗，放弃负隅，缴械投诚。草木零乱，山峦战栗，无以复述凯旋的欢愉。

在一场荒凉的雨水里，谁愿意放下自己，像一块如释重负的泥土，任雨水的冲刷与滋润，淋漓尽致。

一朵花，咬住了爱情的肩胛，却不让它说出自己的疼痛。

在一场雨水里，在骨头与骨头的撞击中，一朵花的牙齿，咬住了我们颤抖的灵魂。

一朵花，让我因为爱，身体里弥漫火焰和花粉。

围住篝火

天边，有堆红红的篝火，等你路过。

那篝火，是我的妄想，你的美梦。是那个盗火者布置到远处的旌旗，召唤我们的爱情和人生。

篝火燃烧，此生不灭。篝火熊熊，焚烧诗情。

荒原上，走过我们的爱情。走过兔子的闪念、狐狸的私语，走过我们浓重的缩影。

把一对相爱的心交付篝火是幸福的，把两个重叠的身影交付篝火是幸福的，把奔跑时扔掉的鞋子投入篝火燃烧是幸福的，把一块亲手猎来的野味在篝火上烤干递到你的嘴边是幸福的。

篝火是人生奔跑的方向，篝火是爱情取暖的地方。

篝火，使寒冷的眼睛清澈，使流浪的脚步嘹亮。使胸中的爱恋情不自禁，手挽着手围着梦中的花园奔跑。使心灵紧紧相拥，久久偎依。在火光的见证中，认清彼此。

天边，有堆红红的篝火，等你路过。

我对你说：围住篝火！

（选自《散文诗·上半月刊》2013 年第 4 期）

一万年不久

前五千年寻，后五千年等。

一条烟雨风尘的路，贯穿我的一生。

拨开熙熙攘攘的人群，我找寻那颗依旧完好的心。在纵横交错的际遇里，完成破损。

独守寂寞广阔的时空，我遥望那颗没有陨落的星。在光华闪现的泪水里，谁的马车，依旧穿行。

我穿过无数晴天阴天，仍能听见你的心音；我走过多少大街小巷，却始终没看到你小屋的灯。

我追不上你行往晨光的身影，只有记住那一画黄昏；我辨不清你走向天明的幽径，只好站在昨日的路口再等。

不要说，我是你的梦。不要说，你是我的人。

前五千年后、后五千年前的缘分，短暂的一生：

我是你的诗歌，你是我的命运！

（选自《散文诗·上半月刊》2007 年第 7 期）

宓　月

宓月(1976—　),女,浙江绍兴人。已出版散文诗集《夜雨潇潇》《人在他乡》及长篇小说多部。

月亮向西

我的爱只有一种形式:向西、向西……

心中的太阳总在远方,以不变的温柔抚摸着我的沧桑。

没有轰轰烈烈,没有温存缠绵,我们守着一段亘古未变的距离,遥遥相望。

我们拥有永恒,却注定要忍耐太多的平淡。我的太阳,你为什么不让我靠近,要我终生沐浴在你的光环里?你的阳刚已让你拥有了足够的辉煌,可你却不肯放弃远行。

迢迢银河,那是我斑斑驳驳的心事。我追着你的影子,享受着你的温暖关照,我没有哭泣的理由。我只能以这样一种苍茫的方式,宣泄我心中的苦涩。

月亮向西。皎洁的脸,在云层中隐隐现现。

在茫茫的宇宙中,从我们诞生的那一刻起,我便是你的唯一,你也是我的唯一。

追随你,是我一生的命运。

为你,我瘦了又圆,圆了又瘦,你仍不肯驻步。纵然我哭成了泪人，你也不来拥抱我，只远远地投来一个影子。

无情的你啊，倘若你不爱，为何又让我感觉到你火热的情怀？你怎么舍得，让我独自在寒夜里度终生？

你给我无限的温柔，又给我彻体的冰冷。

我只渴望与你相逢相拥，哪怕只有一次，哪怕从此就灰飞烟灭，也胜过这遥遥无期的守候。

你说，你的梦因为有我而美丽，可你却让我在你光芒万丈的时刻悄悄淡出。

你说，我圆满了太多人的梦，

你说，你给了太多人以希望，

所以，我们无法团聚，无法走出那亘古不变的定律。

太阳向西，月亮向西。

哭泣的妹妹啊，你胖了，瘦了，都是为了那纯洁的爱情。

月亮向西。远离人间烟火的爱情，在一次又一次复述永恒。

（选自《2005年中国散文诗精选》）

雨倾城

雨倾城(1976—),女,本名袁秀杰,河北丰润人。发表诗歌与散文诗若干,散见于《中国诗歌》《星星》《诗选刊》等。

只剩下玻璃被风吹响

我知道,我是深渊,或者暗夜。

天空,明月高悬。

等你打扰。

你走过来,在我的花园种下玫瑰。身前身后皆是虚幻。有过那么一霎,我起身,听见活过。哥哥,当我凝视你,青草茵茵,树叶一片喧哗。

哥哥,到我身边坐下。

不再抑制。披上明月的衣衫,哥哥,我愿意做你的小女儿,小妖精,小仙女。

无法道尽,这日子很美。白纱的窗帘随风飘摆。

我们俩肩并肩。

哥哥,甜蜜的,是我们握紧的手,还是你呼吸的轮廓。

未来怎样。拂过命运的琴弦,爱在我们中间,无处藏身。

坐在沙发上,相望无数个世纪。闭上眼睛,看见道别,祈祷,嫁娶。

在内心看到一场惊雷，无所求。一切可喜，尽管，青春已结束。

这寂静的房间寂静的天花板。

默念你的名字。

天要亮了。如此这般，只剩下玻璃被风吹响。

眼中噙满水。

哦，哥哥，我如何遇见了你，并觉出了好，从此日日夜夜烈火焚心，再也无法，顾及飞翔。

（选自《伊犁河》2016 年第 6 期）

我把凌乱的脚印丢在旷野

带我走。哥哥。

当你注视，当你举杯，当时间消失，你微笑着望我抱我。

当我是你的，睫毛紧闭，高歌，飞翔，羽毛一样轻盈。

我将忘却苦。

为了见你，我把凌乱的脚印丢在了旷野。

我唯一去向的哥哥啊，我心醉神迷的归途。

什么也别说。我们相遇已是太迟。此刻，你是上帝，我的情难自禁、所有的时辰，和凝望。哥哥，请给我一个没心没肺的下午，让我好好爱你，大笑着燃烧，成为灰烬；让我生生死死，亲吻，战栗，疯狂，恍惚。

哥哥，让我的苍老遇见你的年轻，变成血脉相连的一个。

该从哪里开始。哥哥……

太阳照着“我的臂弯，搂不住的日子”，玫瑰这么多，无人打扰。

一天就这样过去了，我眼里没有别的。哥哥啊，哥哥，让我的渺小贴着你的心脏，让我的飞翔盛放你的欢乐，让我的起伏聆听你的炙热。

哦，哥哥，心房早已打开。一个人，也可以是大好河山。以后，就让我叫你亲爱，生命，或者——

山峦，大地，太阳，树木，微风，花朵。

突然泪涌

哥哥，看见的一瞬，我就爱了。

这纯净之水，浩荡。偶尔把自己献给风。

打它身边经过的人会经常回来。

缄口。低头。荡漾中找到你的笑脸。

多辽阔。爱着我，不真实的水，连同无边无际的秋天。

拿出一生。见想见的人和生活。哥哥，这旷日持久的红尘，可不可以陪我垂钓天籁。

情话不可说。

南湖，十年之前是命运，之后，

是你。

不会辜负。你说。若无其事地看着山，突然泪涌。

说什么呢？我青春已逝，而爱我的人，在春天等我。

带我穿过旷野的沟渠，花香，黑暗中缓缓落下的雨。

我倒在一场梦里，在小镇，在县城，也在这形骸潦倒缓慢深邃的中年。

你在其中。

哥哥，一面湖水里，有无尽之心跳。

够不着你。扔掉工作，把此刻的甜，装上信封，哥哥，往后的日子，两个世界互相搀扶、温暖，把心交出去，

一个想念另一个。

（选自《山东文学·下半月刊》2016 年第 3 期）

红布条

红布条(1976—　),女,本名韦红霞,云南富宁人。

身　边

把书移到左边,把右边移到身体里。

把留在右边里的书卷气和我葬在一起。或许是现在,或许是看见你的那个下午

你说给一座山灵魂就要给一座山爱情。

你说我们适合一同站在山顶上看梧桐树。适合互相牵挂,

适合以身相许。

我适合爱上你的悲痛和忧愁,

我适合悲痛。

把左边的书再移出去,移到著书者的身体里。干干净净的身边只需要喜鹊的鸣叫。

需要一次奉献的沉默,需要一场雪从山底爬到山腰。

需要山崩地裂,需要宇宙变故带来的空旷。需要空旷诞生夜晚。

你说我们就是一个夜晚和另一个夜晚的相遇。一样漆黑，

一样深不可测。

星宿们都躲起来。天空上只有我和你的倒影，

不止适合一同站在山顶上。

我们也适合一同站在这个山谷底下看梧桐树。

把书移得更远一些，移到著书者的灵魂里。我的悲痛需要你的清洗，

你需要我从此身心俱寂。

这些话我埋在哪里好

这些话我埋在哪里好。埋在哪里都会开花。

你会看见，会把花摘下来，会因此背负罪名度过余生。

我会背负痛苦和罪孽。

更痛苦的是我会在痛苦和罪孽里看见幸福的奥秘。

最痛苦的是这花儿无花期，若她开了，便开成花海。永恒，妖娆，风情万种。

她不褪色，不褪色。不被空间左右，不受时间豢养。

她是花海，是一个人的今生前世。

她是花海。是从你心间里走出来又走回去的一片肌肤，一滴

泪水，一根肋骨。

是你血液里的血液。

她是花海，你看见了一朵，就可以拥有全部。

这广袤的土地上盛开着的花朵都是你的。治病的，致病的都是你的。

我们一起生一场大病吧。花朵簇拥着你，你簇拥着我。

这些话就埋在她想生病的地方。

空气里，土壤里，白云里，水里，火里，太阳里。哪里可去？

哪里不可以去？

（选自《女诗人平台》）

曹立光

曹立光(1977—),黑龙江大庆人。著有诗集《北纬47°》《山葡萄熟了》等两部。

爱情的归途

杜鹃咳血,透染一天相思,是你千年之前许下的愿。

我于这样的午夜,秉月而来。

一沓情诗都已焚去,我在飘袅记忆中,寻觅你随风而逝的名字。

千帆之外,我一直无法举起手,去敲你的门。

告诉你夜色里的故事,让我感觉出,你就是我梦里匆匆的过客。

好想问你,花开季节,你是否就是那一支,最冷最幽的丁香?

孤独的酒杯

在你最快乐的日子里,我是那盏孤独的酒杯。

在被你遗忘的角落,等候某一天,会被你香艳的芳唇,

想起。

可是，青春的蝴蝶来了又去，静静地离去，你的影。

使我不由自主地沸腾，又让我黯然无助地冷却。留下的，我的影，寂寂。

灯光依然是那么柔美，舞曲依旧是那么温暖。旋着幸福的慢三，你的脸是五月桃花。

可我再不会，把落日的黄昏，掖进你梦的小屋。把爱的白云捻成，细细的项链，挂在你的胸前。

相逢是偶然，分别却是必然。

你我本属两个不同世界，请不要把他人的过错，作为炫耀自己的本钱。

在你被谎言冲晕的季节里，我依然是那盏孤独的酒杯。

只是杯中的容颜，被风冲散。

尘世之爱

你睡在我怀里的时候，我仿佛就属于了诗，那些黄金锻打的文字和印在风中的笑面。

我只有写诗。写只有你能读懂的诗。

窗外，是灯光的世界。一声接一声汽车的短啼，疏离了行人的脚步。关上最后一扇玻璃窗。

屋内漾满了花香和水流的声音。

你光洁而大方的前额，像一片水域。我赤着脚，涉在这片水域中，天真地，像个不懂事的孩子，掏不尽藏在你笑容中的句子。

母亲给了我们生命，生命又给了我们爱情，因了这份久违的爱情,世界上再也没有比爱更宽的河。

我只有写诗,写我们天定的尘世之爱。

旭日东升,预示我们的爱情将会喷薄鲜艳。

在你醒来的时候,我将继续拉你上路。渐去渐远的红尘,脚印将是岁月中最响最美的风铃。

(选自《大沽河》2017 年第 4 期)

陈劲松

陈劲松(1977—),安徽砀山人,现居青海格尔木。著有散文诗集《白纸上的风景》《风总吹向远方》等。

红豆:孤独的情歌

一

我等你,站在世俗的枝头,满怀一腔青涩的痴情。

我等你,穿过尘世那一场又一场的凄风冷雨,在它们的恫吓下,痴心不改。

二

我等你,在你必经的心路上等你。

我披着云霞等你,我数着静夜里的星星等你。

微风过时,那抖动的青青豆荚里,我是一颗偷偷爱着你的小小心脏,那微微的颤抖,是想你时我无法抑止的幸福的战栗。

三

我等你,我咬牙忍住天空中那闪电的鞭子,身体上那心形的纹路,就是我无法脱下的鞭痕。

我等你,那枝头落下的清露,是我微凉的、孤独的、相思的泪滴。

四

我等你,唱着一首孤独的情歌。

豆荚打开,那是我打开的歌喉啊。

字字情深,是豆荚里渐渐变红的籽粒。

隔山隔水,那歌声能否穿过岁月的流沙,抵达你的耳畔?

五

我等你啊,从春到秋,相思红透。

那一抹寂寞的红,就是我熟透的相思啊,等待你来采撷。

(选自《星星·散文诗》2015 年第 8 期)

语　伞

语伞(1977—　),女,本名巫春玉,原籍四川,现居上海。著有散文诗集《假如庄子重返人间》《外滩手记》等。

爱:如果前世今生

顺着谜语。往回走,再往回走。

我的前世遇见了你的今生。

蝴蝶园依旧属于庄子。自从你在我眼里放下陶醉和透明的想象,我的睫毛就公开了最后的脆弱和秘密。

哲理变得越来越狭窄,再也装不下苏醒过来的神奇和骷髅安静的甜蜜。

合葬了前世的水滴和孤独,我跟着你来到今生。

庄子正在今生为亡妻鼓盆而歌——

生命是轮回的。爱。也是轮回的。

就像你从前世的雨中把我接回今生,用向日葵的光明温暖我,用月光的嘴唇清扫我发间的悲伤,用掌纹的心跳为我唱蜿蜒的步伐和美好。

我们一起等待浓密的皱纹和缓缓的沧桑。与无数个瞬间周旋。从睡眠的海里,挽救一株受伤的珊瑚。

这一切只是虚妄?犹如我分不清蝶和花瓣。犹如我分不清蝶和花瓣在霞光的左侧还是彩虹的右侧——

仅仅是感觉的舌头卷起的……

推磨了千年也碾不碎的……

茂盛与荒芜。

（选自《新世纪文学选刊》2009 年第 12 期）

麦　子

麦子(1977—)，女，本名刘艳，江苏阜宁人。诗作散见于《诗刊》《绿风》《青年文学》《星星》等报刊，入选多种选本。

在月河，等一场风花雪月的爱情

1

从上弦月等到下弦月，从初起的心跳等到这一刻的忐忑。
月河，还是没有等来那叶思念的孤帆。

时间的秒针不急不缓。
却加重一个人内心思念的分量。
驻足，徘徊。思想一次次从身体抽离。
此岸到彼岸的距离被反复丈量……

只一个不经意的转身，你却静静地站立在面前。闪电一样的明眸，照亮逐渐沉下来的暮色。

高楼上，隐于窗帘后的秘密被谁打开，流出蜜似的黄昏。

2

黑夜如同一条沉默的月河。

我是岸边的听众，你唯一的听众。

风把你的声音放大，粗糙的夜色变得无比柔软。

你微闭双目，以嗓音，以肢体，诠释着，歌唱着。

那么多的月光倾洒下来，将你包围成一个煜煜的发光体。

你激荡着月色，并鼓起一缕又一缕不断吹向我的风。

我以缱绻的目光亲吻这一波波的月光，并在月光里不断地陷落，下沉……

3

在月河，沦陷于这一场夜的高蹈。

我的身体内潜伏着另一条更加隐秘的月河。

等你来泅渡。

蜜似的月光下，你以潮湿的呼吸撩起透明的水花，让我在黑暗中不断地战栗。

我伸出双臂抱紧这一轮月色，抱紧你的呼吸。

抱紧月河里这唯一的孤舟。

4

允许我在高速转动的车轮上展开一场相思。

如同雨，从一个城市铺向另一个城市。

从月河里，我采撷第一片月光，希望可以照亮走向你的那段路程。

并从你的眸中，采撷更美的另一片月色，装点我此后的梦境。

亲爱的，我们迎着月光在月河相拥，多像两朵开在月河里的并蒂的花朵。

此时，在月河，我终于等来宿命里这一场风花雪月的爱情。

五点四十五分的蓝

一念起，而万物生。

这命定的秩序，有着让人沉陷的美。

五点四十五分的蓝。空旷，孤单。

蓄满了离愁别绪。

就像首班地铁，寂静地穿过城市的心脏，带走怀揣远方的人。

并将更深的寂静，留给站台上，那个被离别锯疼的孤单的影子。

（选自《诗潮》2017 年第 1 期）

黑　马

黑马(1977—　),本名马亭华,江苏沛县人。著有诗集《苏北记》《寻隐者》《乡土辞典》等。

泪　水

我们在一滴水里,端坐,行走。

拥着一个做梦的小村庄,那该有多美啊。

当它打湿了轻烟和云朵,你满眼的痴是藏着春天的湖泊。爱,开始了苏醒。

亲爱的,一些不知名的花儿竞相开放。为你清澈的眼眸,为马蹄驰骋过的轮回的季节。

你轻轻地翻阅爱如歌的画卷,你有美丽的身子,湖水有仰慕的蓝天。

你说,请抱着我的泪水和由衷的笑靥,我们多像两片孤单的叶子啊。小小的红叶,这爱的颜色,冷却了悠悠笛音。

你低头的柔情中,雨水和花朵成为知己。

远　行

我在火车上写下盛世、鞭影和细小的闪电。

从琴弦上出发，太阳是金色的巢，我们的爱情是飞翔的青鸟。大河死于混沌，而我们只是一朵小小的浪花。

远眺大野，八月的桂花，深刻着我的黄昏，辽阔的笑容，有春天的力量。

傍晚的萤火虫，一点点，聚拢了两颗心。

青草在歌唱，泉水抱着月亮，村庄多么安静，我把你搂在怀里，让流水慢下来。

风儿那么轻，月亮远了又近了。

那些碎银子，像雪，下到一朵叫爱情的花里。

（选自《大沽河》2013 年第 4 期）

郑小琼

郑小琼(1980—),女,四川南充人,现居广东。著有诗集、散文诗集多部。

往 事

那一泓悠悠的往事让秋风说破。

所有的星,所有的月,所有的夜,都让秋水冲刷得美丽如初,所有的誓言都如水中的石头凌空而起。

而那相望的岁月,在我的躯体中积聚,生长,流动。

一泓往事,如泉,如溪,如草叶上的露珠,如河边的萤火虫,在我秋水之上,唱着破碎的歌谣。

那一怀心思,是空中的雁影,是水中的云霞,是默默相望的目光,是你无言的叙述。

是两颗忧伤的心的怀念,是一片枫叶,是一个秋天。

那些日子隔着无端的秋风。

那些美丽如落叶一样在飘零。而你,在千里之外,在我记忆的秋夜之中,远天是断啼的雁声,是美丽的十四行诗,是一泓清澈的眼波,是今夜无与伦比的灿烂。

秋天经过深夜，雁飞过异乡。

宁静的星子，站在秋水中的伊人，痛苦和幸福一同涌上。

谁在深夜里怀念一场逝去的爱情，谁的忧伤便浸透了今夜的秋空。

（选自《散文诗世界》2004 年第 6 期）

欧逸舟

欧逸舟(1985—),女,出生于福州,现居北京。著有诗集《橙花村三十八号》。

执　念

如何阅读一座城市或一个人,像打开一部长篇小说或随笔集子,通过五官慢慢地感知。离得越近,你越容易忘记读懂它是一本怎样的书的初衷,而只是执着于寻找属于你的页码。

我需要一个夜晚以及另一个身份来打扮我现在的容貌,我希望此刻有一位值得信赖的朋友向我大声朗诵哪个著名诗人一首不为人知的诗歌,我渴求一个图书馆的入口大门使我拥抱书籍像拥抱你一样无法入睡。

如果这是一个纪念日,纪念 1 年前和 100 年前又有什么区别呢? 它要的只是你的持续纪念和渐渐淡忘,因为大部分的人只会看到你身上的疤痕却来不及想起询问它的年份。

我曾一度执着地哭泣,像借来了一个海峡的浪花那样放声哭泣。思念和希望都是危险的事,它们轻易就转成绝望,像拍打着浪花随时覆灭的舢板。

庆幸的是我安全着陆了,彷徨的是未来呢?

如同昨天。背影之后都是闭目落泪的花朵,像诗一样开放,像歌一样彷徨。仿佛我依旧赖在你的肚皮上辨听哗哗的流水声，午后或是深夜，你的坏脾气都在熟睡，只有俏皮的毛发草长莺飞。

我思念你，请原谅，如这座城市午后的阳光般灿烂的，对你的思念。

（选自《青年文学》2010 年第 4 期）

蝶小妖

蝶小妖(1991—)，女，本名顾懿初，山东无棣人，现居上海。著有诗集《绿蝴蝶》。

一眼西塘

一

环秀桥畔，住着两女孩：小桐和北翠。
匆匆那年，我来赴约，雕花小窗推开春日。

西塘，我来走一走时光里的青石板，走一走烟雨长廊。

掰着手指数，我们可以在一起多少个十年。洁白的水写满乌篷青烟。

西塘，你的身体内，
还住着一个女子，
是你，是我。是这一百二十条弄堂的风情。

初见的地方，一杯红茶暖心暖胃。
古朴的弄堂内，我遇见一名叫顾顾的，写下的三行情诗。

二

眉清目秀的摇橹阿姐，她引我穿过滴水晴雨桥。

她唱的田歌，

糯软、高亢。缓缓地把桥栏拍遍，拍起流水，击起我几番长叹。

河埠旁，水中央，

粉红的女娃儿俏模样。翠鸟和红菱，

也纷纷落户。

那年。我化身红菱，

你为翠鸟，

半梦半醒之中，被烧香的手指轻轻读过。

三

徐阿天与五姑娘的故事，感动世人，锡东先生的越剧小花，许给了人间，

一个澄明的未来。

四月初三，我们去赏庙会、跑马戏、摇燥船、荡湖船、踏白船。

七老爷七夫人坐在风之上，把西塘打扮得粉妆玉琢，

镶入丝竹声声。

四

阿婆亲手蒸一碗粉蒸肉，馋住了我的眼睛。

清香、清热，还止血。石皮弄走走停停，一扇扇木门，在古老的巷子里打探，

每一粒词的胸襟，留有社戏的韵味。

还有那一颗颗盘锦的纽扣，都有一个精彩的故事，
从长的到圆的，
从铜的到木的，
从加固到修饰，它们在时光里摇曳，
枕着乌篷船，巧施唯美的力。

你亲眼看见西塘，你才能知道，
小桥流水有多么干净。

西塘的烟雨，朦胧的桥，
一片片柳叶、一朵朵水，像蝴蝶映衬的花朵。

谁与我？沐风、枕水，
摇橹而去。

（选自《山东文学·下半月刊》2017 年第 10 期）

拾谷雨

拾谷雨(1991—),本名张金仿,甘肃清水人,暂居甘肃兰州。著有诗集《午间的蝴蝶》。

爱在月河街

我遇见你,月河街的草木就足够温暖,它们像云朵一样寂静而茂盛。

而那只白鸽,是你在春天偷走的词语,它含有爱的呼吸和梦,并散落于古桥、狭弄和旧民居之间。

流水中,我们隔着旷世的抒怀,而那株牡丹,仍旧含你在心里。

我们枕河而居,不追问源头,也不探求它的去处,只是在廊棚与水光之间,把夜晚的灯火一次次擦亮。

蝴蝶的梦里有青草的香味和日出时的微光,它们夹杂其间,在船头或者船尾肆意地摇晃。

街头的燕子如箭镞般飞行,并以春天的想象起笔,笔锋急转处,水光粼粼,绣满人世的爱意。

那些相扶以老的人,他们夕阳下执手的背影,仿佛人间最美的风景。

你闭上眼,听耳侧的萤火虫点灯,一个梦悄然开启,而灯火阑珊处，我想起你扬起水花浣衣的样子。

枕河相爱

路边的鸟群，它们穿过我，用极深邃的目光。

黑夜抵达城市时，梧桐和银杏树开始惶恐，桥头的燕子率先逃走，只有月河仍在那里，她弯曲如月，试图洗去人世的悲欢，盛下满目星辰。

鸟类有它们的手艺，用来修补源于祖先的信仰和爱。

河底的石头在被不断冲洗，仿佛，爱需要反复涂抹，才能摸到它内部的碎瓷，如同温情的琥珀。

我们始终带着流水响亮的细节，把爱的名义假手于人，再以鹌鹑的羽毛，给天空一个图腾。

而我必须以火一样的速度燃烧。

你站在春天最中心的位置，告诉岸边的松鼠，在粗糙的石头上，曾有那么一会儿，我们相爱过。

一个人的小月河

俯拾河水之外的风景，草木和人类保持距离，雨水将至，弹唱大地。

想象五月之后的油菜花，在晨岚中和着一些往事翩然。

落花的季节请不要抒情，当阳光再一次照亮廊上的燕巢。

当你我渐行渐远，穿过熙熙攘攘的人群，我不能触摸你降落的足迹。

而我仅有的抒情，被雨水打落在泥土里。

沿着记忆回归，仿佛你就在原地，抚琴吟唱，晨星此刻被唤醒，我们慢慢摊开往事的扉页，却无法看见彼此。

灯即将睡着，地平线以下的岁月失去重力，摘取睡在你心底的星辰，爱情幻化成一朵琴弦上的小花，或远或近。

（选自《星星·散文诗》2015 年第 8 期）

蓝格子

蓝格子(1991—),女,本名刘晓梅,黑龙江哈尔滨人,暂居大连。作品见于《诗刊》《星星》《中国诗歌》等。

鱼之命

花落和人亡,常常陷于两不知的悖论之中。

你以为,一条游鱼,天性凉薄。于是,拿出弯钩,拿出耐心,坐守池塘。

迟暮。落花跌入水中,撞碎你的倒影。

手抬竿起。第一次,它这么接近你。这一瞬,鳞片反射的阳光刺疼了你。你惊讶,鱼尾甩下的水,竟然清凉如月。

死亡的姿态是飞翔,弧线优美。

当预设的结局轰然倒塌,举目相望,已是惘然。

你的手的温度,在一条鱼的体内穿过,掏走一切心肝。

它的血,它的腥味,它的身体的余温,在你掌心,汇聚一处。你不知所措,你哭,但眼泪,如何能唤醒一条死去的鱼?

那鱼饵,是你亲手制成,那竹篓,是你亲手所编,还有什么可怨的呢?

最多,在吃的时候,鱼刺入喉,再多挣扎一会儿。你也会取出鱼骨,如同取走它的性命。

蓝色烟雾从你口中缓缓吐出，一切，便结束了。

唯一的漏洞被说破。爱情，不过是一场你情我愿的杀戮。

然而，对于这样的结局，你我，心知肚明。

（选自《星星·散文诗》2015年第8期）

金小杰

金小杰(1992—),女,山东平度人。作品常见于《星星》《山东文学》《扬子江》等报刊。

桃花流水

本身无罪,罪在人心。

一朵桃花,前半生与风纠缠,后半生用流水洗净自己。会突然回溯到某个夏天:洛阳,老街,红灯笼挂满夜空。纸笔漫卷的石头街上,一个浓妆女人翘脚坐在临街的木凳上,廉价的镂空蕾丝结结实实地网住她,网出大片大片病态的白。眼线晕开,她一根接一根地抽着纸烟,像案板上眼珠外凸的鱼,更像暮春残破的桃花。

我路过她,路过她苍白的手指,路过她吐到街上的烟圈,路过她深深的苍凉和疲惫。如果我是男人,我会不会停在那个傍晚,在异乡的街头,买下她前半生的故事,听听她后半生的打算。

夜色浓重

一退再退,终于被逼进墙角,束手就擒。

窗外，桃花已经落了大半，对面的男子依旧风平浪静。我望向他，望不见烛火、飞蛾、春天。他大概永远都不会侃大山，聊梦想，逆着大雨飞奔、呐喊。我把体内的青草、野花一压再压，开始学着权衡利弊，开始学着对爱情缄口不言。

这座城市车水马龙，我手脚冰凉地坐在对面，扳着指头同买家讨价还价。夜色浓重，商人是我，商品也是我。

蝴蝶新娘

大概也曾是蝴蝶。

迎面走来的那个女人，套棉服，裹围巾，眼睛深陷成一口枯井，投石，听不到回声。万物萧条的寒冬，怀里的孩子，仿佛是她最后的春天。我同她错身，规避开这场大雪，但她的侧脸，令我瞬间兵荒马乱。

十岁那年，芙蓉花开得恰好。村小的后操场，风摇着树枝。仲夏，羊角辫，连衣裙，旧蝉声被阳光依次打亮。一个女孩正拍着手喊另一个女孩“新娘”，而那个“新娘”正浅笑含羞，像一只清晨挂露的蝴蝶。

（选自《鹿鸣》2017 年第 5 期）

跋

多说几句话

王泽群

抖起胆子决定组织一个民间团队，来选编《中国散文诗一百年大系》，是因为五十几年的笔耕墨耘，深感一百年来中国的白话文写作，因为民族所遭受的苦难、国内外战争、极“左”思潮的影响等，其有关文学艺术的各种题材与体裁，都很难梳理出一个比较正确的，能表现出这一百年道路的文本来。小说、诗歌、散文、杂文就不去说了，即便影视、戏剧、曲艺、歌曲，要用一种历史的眼光做一裁定，也相当难。

散文诗却不同，这个与白话文运动几乎同时兴起的文体，一百年来，从鲁迅的《野草》，到当代的许多名家、大匠的散文诗集，一直在中国文坛的边缘上，有些寂寞且踬踬颠颠地顽强生长着，繁衍着，变革着，前进着……它虽受到世纪风云大的影响，却仍然保持着一代又一代人的执着探索，翻新，求真，求善，求美。这大不容易，大不容易却走了过来，值得研究探索。

于是，便联系了同道，决定做这件不大不小的事。

感谢年逾九十二岁的耿林莽先生。

耿先生在改革开放之始，便致力于散文诗的创作与研究，并利用《青岛文学》《散文诗》等杂志的平台，提携、引领了一大批年青才俊一起前行，为当下中国散文诗的繁荣、发展，立下了不可小觑的功绩。正因此，青岛的散文诗创作队伍，不仅一直壮大着，且涌现了一批在国内外都有影响的大匠名家。放眼望去，青岛的这个散文诗平台，是有相当高度、相当规模的。

于是，我们基本以青岛的散文诗优秀作者为骨干，兼也聘请了我们认为在散文诗的探求创新方面，有想法、有成就、有影响的外地优秀作者，组成了这支队伍。虽然，好多高手名家，我们没请到，但散文诗的园子很大，或一枝独秀，或百花盛开，都是当今的春色。

我们的想法很简单：做一次“梳理”，使这套《一百年大系》既可做观赏卷，也可做研究卷，甚至可以当作一种工具书。

想法有点儿大？

然也。没有大的想法，哪有小的成绩？

鉴于这是对散文诗一百年的回望，我们的“选编原则”是前粗后精，即尽量把早期的作家与作品都收录进来，亮给今天的散文诗爱好者把玩、赏读、学习、借鉴；而近三十多年，由于散文诗作者队伍的蓬勃壮大，散文诗作品呈现出百花齐放，花色纷呈的特点，我们在选录作者与作品时，就必须多下一些功夫，争取把当代的散文诗名家、才俊和他们的代表作尽量选出来。这就必须精挑细选。当然，不可能“挂一漏万”，但也绝对不可能不“挂万漏一”。

敬请散文诗作家和读者诸友理解，宥谅为盼。

“百花齐放，百家争鸣”，早在两千多年前我们老祖宗就提出来了。

但除了春秋战国那一个不短也不长的时代，这种哲思理念因为各路诸侯与“王”们的争打不闲，曾经普盖了众生。其他时间里，它几乎真的只成了一种哲思理念，甚至只是一个口号。

有心的读者可能注意到了，在《一百年大系》的总序中，耿林莽先生认真地对散文诗的诞生、成长、发展、繁荣，做了精准概括的表述、分析、总结。同时，各分集主编撰写的《序》则尽量地体现、实践着老祖宗的这一哲思理念。

当然，我们做得并不好，良莠不齐。但我们试着在做，努力在做。任何事情，总得有人在做，才知道它好，或是不好。

我们也等待着各路的批评与指教。“活到老，学到老”，也是老祖宗留给我们的一种永远不死的哲思理念。

在我们这个民间团队——十人中已有六人正式退休——决定一起合作编辑《中国散文诗一百年大系》的时候，青岛市文联党组书记魏胜吉先生，青岛荣德文化传媒集团董事长郭胜森先生，中国散文诗终身艺术成就奖获得者耿林莽老先生，在精神上、方向上、资金上，都给予我们强有力的支持。在此，一并真诚感谢。

尊敬的朋友们，没有你们，也就没有这一部《中国散文诗一百年大系》。泽群代表所有同道鞠躬。

图书在版编目(CIP)数据

中国散文诗一百年大系. 6, 挚爱情愫 / 高伟编. —
青岛 : 青岛出版社, 2019.10

ISBN 978-7-5552-8416-1

Ⅰ. ①中… Ⅱ. ①高… Ⅲ. ①散文诗—诗集—中国—
现代②散文诗—诗集—中国—当代 Ⅳ. ①I226.6

中国版本图书馆 CIP 数据核字(2019)第 167168 号

书　　名　中国散文诗一百年大系
本册书名　挚爱情愫
名誉主编　耿林莽
主　　编　王泽群
副 主 编　韩嘉川　栾承舟
本册主编　高　伟
出版发行　青岛出版社(青岛市海尔路 182 号,266061)
本社网址　http://www.qdpub.com
责任编辑　刘　迅
照　　排　青岛新华出版照排有限公司
印　　刷　青岛国彩印刷股份有限公司
出版日期　2019 年 10 月第 1 版　2019 年 10 月第 1 次印刷
开　　本　16 开(710mm×960mm)
印　　张　24.5
字　　数　260 千
书　　号　ISBN 978-7-5552-8416-1
定　　价　599.00 元(全八册)

编校印装质量、盗版监督服务电话　4006532017　0532-68068638